SOPHIE ZEESTRATEN

Mutterseelenallein

Über die Autorin:

Sophie Zeestraten: »Ich habe Rechtswissenschaften studiert, nach meinem Abschluss begann ich als Anwältin zu arbeiten. Ein paar Jahre später wechselte ich meinen Beruf und begann für die lokale Regierung der Gemeinde Den Haag als Politikberaterin zu arbeiten. 2011, nachdem ich das PRI*-Buch ›Das wahre Selbst wiederentdecken‹ der niederländischen Psychologin Ingeborg Bosch gelesen hatte, änderte sich mein Leben komplett. Zum ersten Mal verstand ich, was mit mir passierte, wenn ich von Emotionen so überwältigt war, Emotionen wie Wut, Angst, Unwertgefühl, Scham und das Gefühl, dass das Leben einfach zu hart für mich war, und wo die Wurzel dieser Emotionen lag: nicht in der Gegenwart, sondern in meiner Vergangenheit! Ich lernte, dass diese Gedanken und Gefühle »nur« überholte Überlebensstrategien waren, die in ganz bestimmten Situationen auftraten. Ich war nicht verrückt, es gab eine Lösung, und es gab Hilfe. Das gab mir eine neue Perspektive auf das Leben und auch so viel Hoffnung: Ich konnte das in Ordnung bringen, und es war nicht einmal so schwer. Ich begann 2012 eine PRI-Therapie und lernte die PRI-Werkzeuge und wie ich sie in den Situationen, in denen mich diese Emotionen überkamen, anwenden konnte. Es war (und ist immer noch) lebensverändernd.«

Heute hat Sophie ihre eigene Therapie- und Coachingpraxis. Sie hat zwei Töchter und lebt mit ihrer Familie in Den Haag.

* Past Reality Integration – Eine Methode zur Heilung von Traumata. Im Mittelpunkt steht die Integration und Heilung von seelischen Verletzungen in der Vergangenheit, die unser heutiges Leben belasten.

Sophie
Zeestraten

Mutter seelen allein

Meine Mutter hat mich verlassen,
als ich fünf war. Eine Geschichte von
Trauma und Heilung

lübbe

Dieser Titel ist auch als E-Book erschienen

MIX Papier aus verantwortungsvollen Quellen FSC® C014496

Deutsche Erstausgabe

Titel der niederländischen Originalausgabe: »Moederziel«
Originalverlag: Ambo Antos, Amsterdam
Vermittelt durch: Marianne Schönbach Literary Agency B.V.

Umschlaggestaltung: Tanja Østlyngen
Umschlagmotiv: Privatbesitz der Autorin
Autorenfoto © P.A. Hoogerbrug mit freundlicher Genehmigung
Satz: hanseatenSatz-bremen, Bremen
Gesetzt aus der Adobe Garamond Pro
Druck und Verarbeitung: GGP Media GmbH, Pößneck
Printed in Germany
ISBN 978-3-404-61727-2

2 4 5 3 1

Sie finden uns im Internet unter
luebbe.de
Bitte beachten Sie auch: lesejury.de

Ich widme dieses Buch:
meinen Töchtern
meiner Mutter
meiner Großmutter

Abschiede sind nur für diejenigen, die mit ihren Augen lieben. Denn für diejenigen, die mit Herz und Seele lieben, gibt es keine Trennung.

Rumi

Niemals
wird dir ein Wunsch gegeben,
ohne dass dir auch die Kraft verliehen wurde,
ihn zu verwirklichen.

Es mag allerdings sein,
dass du dich dafür anstrengen musst.

Richard Bach, Illusionen

Meiner Erfahrung nach gibt es so etwas wie »die eine Wahrheit« nicht, sondern jeder Mensch hat seine eigene Wahrheit. Das gilt auch für diese Geschichte. Hier wird wiedergegeben, wie *ich* mein Leben wahrgenommen habe, wie die Welt durch *meine* Augen aussah. Ich habe meine Erfahrungen so sorgfältig und ehrlich wie möglich zu Papier gebracht. Auf gar keinen Fall habe ich Menschen verletzen oder in irgendeiner Form beschuldigen wollen. Sollte dieser Eindruck trotzdem entstehen, so tut mir das aufrichtig leid.

Sophie

Anmerkung zur Übersetzung: Im Niederländischen werden Vornamen oft liebevoll abgekürzt – aus Sophie wird Sop oder Fie, aus Clara wird Claar. Die Übersetzung hat diese Eigenheit beibehalten.

Vorwort

Wenn ich an den Tag denke, an dem sie aus meinem Leben verschwand, fällt mir als Erstes ein, dass ich die Grippe hatte. Schon seit Tagen. Sie hatte beschlossen, den Nachtzug nach Dänemark erst zu nehmen, wenn meine Bauchschmerzen ganz weg wären, deswegen blieb uns noch ein Tag zusammen. Ich fand es sehr schlimm, dass sie für eine Woche wegfahren würde, aber sie versprach, die sieben kurzen Nächte wären vorbei, bevor ich es überhaupt merken würde. Nervös ging sie durchs Haus, denn sie war noch nie so lange ohne uns weg gewesen.

Mittags aßen wir in der Küche ein Brot, in derselben Küche, in der wir immer zusammen Brot und Kekse backten. Ich saß mit meiner eigenen kleinen Schürze auf dem weißen Hocker. Danach gingen wir nach oben, um ihre Tasche zu packen. Sie wählte die blaue Reisetasche, die Papa immer mitnahm, wenn er ein paar Tage zum Segeln fuhr. So viel Kleidung brauchte sie ja nicht für die paar Tage. Ganz obendrauf legte sie ihre Lieblingsjacke, ein Geschenk ihrer Schwester Valentina, die in Mailand lebte.

Am späten Nachmittag kochte sie noch für uns, und wir aßen zu viert am großen Tisch. Dann kam der Moment des Aufbruchs. Draußen war es schon dunkel. Mein Bruder und ich kletterten auf den Rücksitz des großen gelben Volvos. Am Bahnhof sagte sie, ich solle lieber im warmen Auto bleiben. Ich war ja noch krank. Wir bekamen noch eine feste Umarmung und viele Küsse.

»So, meine Schätzchen, ich wünsche euch eine wunderschöne Woche. Nur siebenmal schlafen, dann bin ich wieder da.«

So trennten sich unsere Wege. Sie ging hinaus ins Dunkel, und wir fuhren zu dritt zurück zum großen Haus. In Hannover stieg sie in den Zug nach Kopenhagen um.

Nach siebenmal schlafen war sie nicht zurück.

Sie kam nie wieder.

Die ersten Jahre der Kindheit prägen uns für den Rest des Lebens. An sich ist das keine weltbewegende oder neue psychologische Erkenntnis, aber bis ich wirklich begriff, was das bedeutete – auch für mich –, musste ich vierzig Jahre alt werden. Von einer Freundin hatte ich das Buch *Die Wiederentdeckung des wahren Selbst* von Ingeborg Bosch bekommen. Vor allem faszinierte mich Boschs Idee, dass unser Gehirn in den ersten Lebensjahren programmiert, also von den Erfahrungen ebendieser Jahre geformt wird. Als kleines Kind lernen wir: So funktioniert die Welt, und mit diesen Strategien kann ich darin überleben. Erfahrungen, die zu schmerzlich sind, als dass wir damit leben könnten, verdrängen wir. Damit diese Verdrängung auch ganz sicher funktioniert, denkt sich unser Gehirn eine neue Geschichte über die Wirklichkeit aus, eine Variante, mit der wir als Kind leben können – also eigentlich eine Illusion. An diese Illusion glauben wir dann steif und fest, sodass wir den verdrängten Schmerz nicht spüren. Dieses Programm läuft im Wiederholungsmodus und bestimmt, wie wir während unseres weiteren Lebens die Welt wahrnehmen und wie wir uns darin bewegen – und das, obwohl wir uns selbst längst verändert haben, genauso wie sich die Welt um uns herum verändert hat.

Dieses ganze System stellt einen großartigen Überlebensmechanismus dar, wenn wir klein sind (so werden wir mit den abscheulichen Dingen fertig), aber im Erwachsenenalter verliert es seine Effektivität. Dann kann es sogar schädlich oder destruktiv werden. Das habe ich selbst erlebt ... und meine Kinder leider auch.

Ich war fünf gewesen, als meine Mutter von einem Tag auf den anderen unsere Familie verlassen hatte. Natürlich war das eine schmerzliche Erfahrung gewesen, aber das Ganze lag inzwischen so lange zurück, dass ich dachte, ich hätte es mittlerweile doch hinter mir gelassen – schlimmer hätte ich mich nicht täuschen können. Das Buch von Ingeborg Bosch zeigte mir, wie häufig ich als erwachsene Frau die Welt noch durch die Augen des kleinen Mädchens betrachtete, das ich einmal gewesen war.

Zum Beispiel hatte ich als Erwachsene immer das Gefühl, alles allein schaffen zu müssen. Ich wurde oft böse, »weil mir nie irgendjemand half«. Ich war davon überzeugt, der »andere« lehne mich ab und wolle mich nicht wirklich, weil ich in meinem tiefsten Inneren glaubte, ich wäre wertlos und »man« würde mich ohne Gnade beiseiteschieben, wenn es erst einmal offenbar würde.

Diese Überzeugungen, mich selbst und die Welt betreffend, hielt ich tatsächlich für wahr, und ich fand sie in allem und in jedem Mitmenschen bestätigt. Ich hielt alle Bälle selbst in der Luft und strengte mich an wie verrückt, um die Erwartungen aller zu erfüllen (zu Hause, in meinem Sozialleben und auf der

Arbeit). Und das alles, damit »sie« mich auch wirklich in ihrem Leben haben wollten: als Mutter, als Freundin, als Mitarbeiterin. Gleichzeitig fühlte ich mich ununterbrochen schuldig, hatte das Gefühl, meinen vielen Aufgaben nicht gerecht zu werden, vor allem was meine Kinder anging.

Wie reagierte ich also? Wenn mir etwas nicht perfekt gelang, gab ich entweder mir selbst die Schuld daran oder – und das oft mit großer Wut – einem anderen Menschen. Danach fraßen mich meist Schuldgefühle und Scham auf. Warum konnte ich das Leben nicht besser meistern? Warum gelang es mir nicht, eine gute Mutter zu sein? Dabei hatte ich mir doch ganz fest vorgenommen, es besser zu machen als meine eigenen Eltern.

Mit vierzig landete ich durch diesen ganzen Stress in einem massiven Burn-out. Alles, woran ich mich bis dahin festgehalten hatte, stürzte in sich zusammen. Wenn ich den Blick nach innen wandte, sah ich nichts als Leere. Auf schmerzhafte Weise begriff ich, dass meine Vergangenheit – die Tatsache, dass ich von meiner Mutter verlassen worden war, ebenso wie meine weitere Kindheit und Jugend – einen weitreichenden Einfluss auf meine Gegenwart und auch auf das Leben meiner Kinder, ja meiner ganzen Familie hatte.

Dass wir alle einen so hohen Preis bezahlten, machte mich traurig. Doch gleichzeitig war ich erleichtert darüber, dass ich nicht die Einzige war, die mit solch schwierigen Gefühlen und Gedanken zu kämpfen hatte. Ich war nicht verrückt.

Vor allem begriff ich: Dass ich all diese Dinge in meiner Kindheit und Jugend hatte erleben müssen, war schon schlimm genug, aber dass ich als Erwachsene noch immer in dieser alten Geschichte lebte, darin lag die eigentliche Tragik.

Ich wollte im Jetzt leben. Aber um dazu in der Lage zu sein, musste ich zunächst mit meiner Vergangenheit ins Reine kommen – mit einer Vergangenheit, die ich, ohne mir dessen bewusst zu sein, gründlich verdrängt und geleugnet hatte. Ich beschloss, mich auf die Suche nach den fehlenden Teilen im Puzzle meines Lebens zu machen. Die fand ich in Gesprächen mit verschiedenen Leuten, in alten Sachen, in Fotoalben und in Karten und Briefen. Nach langem Abwägen und nachdem ich meinen ganzen Mut zusammengenommen hatte, wagte ich auch den Schritt auf meine Mutter zu. Ich bat sie, ihre Version des Geschehenen für mich aufzuschreiben. Durch den auf diese Weise entstandenen Briefwechsel, der drei Jahre dauerte und gut achtzig Briefe umfasste, konnte ich endlich den Umstand betrauern, dass ich meine Mutter fast mein ganzes Leben lang hatte entbehren müssen. Außerdem fand ich heraus, dass meine Mutter eine andere Geschichte über unsere Vergangenheit zu erzählen hatte als die mir bekannte Version meines Vaters. Das stellte meine Welt auf den Kopf.

Schließlich fügte sich alles zusammen. Ich konnte den Schmerz meiner Kindheit und Jugend sowie das, was ich damals so sehr vermisst hatte, endlich akzeptieren. Außerdem erkannte ich, dass ich all die Taktiken zur Betäubung des Schmerzes von damals auch noch als Erwachsene und Mutter einsetzte. Die Überlebensstrategie von früher war auf diese Weise zu meiner Identität als Erwachsene geworden.

Es gab nur einen gewaltigen Unterschied: Ich war nicht mehr fünf Jahre alt, ich war nicht mehr abhängig von meinen Eltern, und ich brauchte mich nicht mehr zu schützen. Allerdings saßen der Gedanke und das Gefühl, ich wäre allein auf der Welt und hätte von niemandem Hilfe zu erwarten, immer noch in meinem Kopf fest. Dennoch begriff ich endlich, dass der Ursprung dieses Gedankens und dieses Gefühls in meiner Vergangenheit lag und nichts mit meinem aktuellen Leben zu tun hatte.

Erst jetzt erkannte ich, dass sich in der Frau mit dem Burnout noch immer ein fünfjähriges Mädchen versteckte. Dadurch vermochte ich endlich Mitgefühl für das kleine Mädchen zu empfinden, das ich einmal gewesen war – und auch für das ältere Mädchen, das immer so verzweifelt sein Bestes gegeben hatte, bis es im wahrsten Sinne des Wortes zusammengebrochen war. Die Gedanken und Gefühle über das Leben und mein Umgang damit waren »nur« veraltete Reaktionen meines Überlebensgehirns, über die ich keine bewusste Kontrolle hatte. Wie konnte ich daran eine Schuld tragen? Die Erkenntnis, dass ich unschuldig war, genau wie meine Kinder und meine Eltern und alle Generationen vor ihnen, sorgte dafür, dass mein ewiges Schuldgefühl der Erleichterung wich.

Durch meine PRI-Therapie (Past Reality Integration, wie sie in den Büchern von Ingeborg Bosch beschrieben wird) fühlte es sich außerdem endlich so an, als säße ich am Ruder und führte selbst die Regie über mein Leben, statt von meinen Emotionen, meinem Schuldgefühl, meiner Scham, meiner Wut und meinen ewigen Grübeleien gelenkt zu werden. Zu meiner großen Freude bekam ich auch mehr echten Kontakt zu meinen Kindern und zu anderen mir nahestehenden Menschen. Und obwohl dieser ganze Prozess einer des Hinfallens und Wiederaufstehens war und sein Ende noch nicht erreicht ist, lässt sich der Gewinn daraus kaum ermessen.

Die Erkenntnis, dass es anderen mit diesem Mechanismus genauso ergeht wie mir, ließ mich den Entschluss fassen, meine Arbeit als Anwältin und Beraterin bei der Regierung aufzugeben und selbst als Coach und Therapeutin neu anzufangen. In meiner Praxis in Den Haag begleite ich inzwischen täglich Menschen, die mit denselben Lebensfragen kämpfen, wie ich es selbst jahrelang getan habe. Ich helfe ihnen dabei, alte Muster und festgefahrene Reaktionen zu ergründen und zu verändern, sodass sie das Hier und Jetzt als das sehen können, was es wirklich ist, ohne den Filter ihrer Vergangenheit.

Mit diesem Buch hoffe ich, etwas von dem weitergeben zu können, was einmal zufällig meinen Weg gekreuzt und sich für mich als großes Geschenk herausgestellt hat: die Erkenntnis, dass sich alles verändern kann – so aussichtslos eine Situation auch oft erscheint. Diese Erkenntnis hat mir viel Hoffnung geschenkt, Perspektiven eröffnet und mir auch den Mut zum Zurückblicken verliehen. Wie unendlich dankbar bin ich, dass ich das gewagt habe!

Ich hoffe, meine Geschichte erinnert meine Leserinnen und Leser daran, über welche Widerstandskräfte ein Mensch verfügt, gerade in den Momenten, in denen ihn das Leben am stärksten herausfordert. Natürlich mussten nicht alle Menschen erleben, dass ihre Mutter wegging, als sie fünf Jahre alt waren – zum Glück nicht –, aber wir alle haben eine Geschichte.

Was nun folgt, ist meine.

1. Kapitel:
Eine Zeit lang zu Hause

Am 12. November 2014 parkte ich meinen Wagen vor unserem Haus in Den Haag. Ich kam gerade von einer dreitägigen Fortbildung zurück.

Wie versteift blieb ich am Steuer sitzen und schaute zu unserer grünen Haustür. Ich wollte nicht reingehen. Hinter der Tür würde gleich der ganze Zirkus losgehen, ich würde so vieles erledigen müssen. Ich liebte meinen Mann und meine Kinder so sehr, aber ich konnte nicht mehr. Ich war so müde. So schrecklich müde …

Ich schaute zu unserem schönen Haus hinüber, das wir im Dezember 2007 bezogen hatten. Es war schmal, hoch und alt. Wir hatten es zunächst von oben bis unten renoviert, und das Ergebnis konnte sich sehen lassen. Der Umzug hatte kurz vor Weihnachten stattgefunden. Wie sich herausstellte, handelte es sich bei der Maklerin um eine alte Freundin meiner Eltern, aus der Zeit, in der wir noch alle zusammen in der Groot Hertoginnelaan – gleich hier um die Ecke – gewohnt hatten.

Schon bei der ersten Besichtigung fühlte ich mich sofort zu Hause. Ich spürte hier ganz intensiv die gleiche warme Atmosphäre, die auch das Haus meiner Großmutter ausgestrahlt hatte. Auf den ersten Blick verliebte ich mich in die Wohnküche mit dem Kamin, aber die Aussicht aus dem Dachfenster auf den Turm des Friedenspalasts entschied alles. Ich hatte fast mein ganzes Leben lang in der Nachbarschaft des Friedenspalasts gewohnt, und das hatte mir immer ein Gefühl der Ruhe vermittelt. Das Gefühl, irgendwann würde alles gut werden.

Nun saß ich da vor der Tür im Auto. Im Gegensatz zu Victor, der häufig aus beruflichen Gründen verreisen musste, war ich nicht oft weg von zu Hause, und schon gar nicht über Nacht. Ich wusste also sicher, dass mich meine Töchter in unserer gemütlichen Küche sehnsüchtig erwarteten. Sicher brannte das Feuer im Kamin, und bestimmt hatten sie auch die Kerzen schon angezündet.

Ich holte tief Luft. »Auf geht's, raus aus dem Auto!«, sagte ich ein paarmal zu mir selbst, aber es passierte nichts. Ich blieb sitzen. Es war, als wäre mein Körper nicht mehr in der Lage, den Befehlen meines Gehirns zu folgen.

Mit aller Willenskraft, die ich aufbringen konnte, gelang es mir endlich, die Autotür zu öffnen und auszusteigen. Schließlich konnte ich kaum die ganze Nacht im Auto sitzen bleiben.

Als ich die Haustür aufschloss, wurde ich von Victor und unseren beiden Töchtern fröhlich und liebevoll begrüßt. Die Mädchen rannten auf mich zu und umarmten mich so fest, als hinge ihr Leben davon ab.

»Mama! Wie schön, dass du wieder zu Hause bist!«

Vom Rest dieses Abends weiß ich nicht mehr viel.

Am nächsten Morgen schaffte ich es kaum aus dem Bett. Ich ging zu meiner Hausärztin, und die riet mir, ich solle mich ausruhen. Sie vermutete ein Burn-out-Syndrom.

Die Tage vergingen. Ich fühlte mich erschöpft, obwohl ich kaum etwas tat. Schlafen konnte ich nicht. Stundenlang starrte ich an die Decke, mein Körper war steif vor Anspannung und mein Kopf voll mit Gedanken. Tagsüber war ich todmüde, dennoch tobte das Adrenalin durch meinen Körper.

Jeden Morgen stand ich früh auf und absolvierte ein fanatisches Work-out. Dann hatte ich das schon mal hinter mir, bevor die Kinder – die dreizehnjährige Anna und die elfjährige Julia – aufwachten. Wenn ich mir einen gesunden Körper zurückholte, so die Überlegung, würde sich der gesunde Geist von selbst einstellen. Man las doch überall, dass Bewegung bei einem Burn-out guttat? Ich würde mich von dem Ganzen nicht unterkriegen lassen, schließlich hatte ich schon schwierigere Situationen gemeistert.

Tagsüber ging ich so viel wie möglich aus dem Haus und machte Spaziergänge. So würde ich die Kontrolle wiederbekommen. Das war einfach eine Frage der Zeit und eines gesunden Körpers.

Ich schämte mich schrecklich dafür, dass ich zu Hause bleiben musste und nicht mehr arbeiten konnte. Was für eine Versagerin ich doch war! Ich fühlte mich nutz- und wertlos.

Mein Chef schickte mich zur Betriebsärztin. Die war entsetzlich lieb und verständnisvoll und außerdem fest davon überzeugt, dass alles gut werden würde. Wenn ich meinen eigenen Bedürfnissen Rechnung trug, mir bewusst machte, dass dieser Prozess Zeit in Anspruch nehmen würde, und mich auf den ersten Schritt konzentrierte: Akzeptanz.

Aber wie sollte ich es akzeptieren? Ich hatte versagt. Ich fühlte mich wertlos und sagte so wenigen Menschen wie möglich die Wahrheit. Ich tat, als wäre nichts, und verspürte Erleichterung, wenn ich in Gesprächen der Frage ausweichen konnte, wie es mir eigentlich gehe. Schließlich wollte niemand einen Loser um sich haben. Loser ließ man links liegen, und das wollte ich um jeden Preis verhindern.

Victor sprach ebenfalls mit niemandem darüber, und auch wir beide redeten nicht wirklich. Es schien, als hätte er dieselben Schwierigkeiten damit wie ich. Ihm war als Kind ebenfalls beigebracht worden, dass man bei einem schweren Schlag einfach die Schultern straffte und weitermachte. Er tat sein Bestes, aber ich glaube nicht, dass er wirklich begriff, was ich durchmachte, und ich vermute, er dachte sogar manchmal heimlich: *Los jetzt, stell dich nicht so an,* go, go, go*!* Das tat mir weh und bestätigte mir umso mehr, was für eine schreckliche Versagerin ich war.

Ich fragte mich auch ständig: Übertreibe ich vielleicht die ganze Zeit nur maßlos?

Währenddessen wurde die Müdigkeit immer schlimmer. Offensichtlich tat ich immer noch zu viel, aber ich *konnte* einfach nicht stillsitzen.

Als ich einige Wochen später wieder bei der Hausärztin war, schluchzte ich wie ein kleines Kind. Ich hätte das Gefühl, meine Vergangenheit hole mich ein, erzählte ich ihr. Dabei hatte ich keine Ahnung, was das genau bedeutete. Wenn diese Schlangengrube sich einmal auftäte, so meine größte Angst, würde meine Vergangenheit gnadenlos zuschlagen und mich verschlingen. Dann würde nichts, aber auch gar nichts von mir übrig bleiben. Am allerschlimmsten fand ich, dass ich mich an diese Vergangenheit kaum erinnern konnte …

Ich fühlte mich wie eine tickende Zeitbombe kurz vor der Explosion. Das reinste Grauen erfüllte mich bei dem Gedanken daran, was geschehen würde, wenn sich diese Explosion tatsächlich ereignete.

Wie war es nur so weit gekommen? Warum war ich nicht in der Lage gewesen, mir selbst Einhalt zu gebieten?

Während einem meiner täglichen Spaziergänge in der Umgebung landete ich in der Buchhandlung Paagman. Ich stöberte ein wenig herum, bis mein Blick auf den Roman *Komm her und lass dich küssen* von Griet op de Beeck fiel. Ahnungslos nahm ich das Buch in die Hand und las im Klappentext, dass es von Eltern und Kindern handelte, von kaputten Menschen und davon, wie sie, ohne es zu wollen, andere ebenfalls kaputtmachen. Davon, wo Verantwortung endet und Schuld beginnt. Von Geheimnissen und Einsamkeit, von Krankheit und Schweigen, von den Gefahren des Starkseins, vom Vergessen und Nichtvergessenkönnen, vom Wagnis, sich selbst zu retten. Und natürlich auch von der Liebe. Weil das alles ist, was wir haben, oder zumindest beinahe alles.

Jeder einzelne dieser Sätze schien ganz allein von mir zu handeln. Dadurch brach in meinem Inneren etwas auf. In diesem Augenblick begriff ich mit einem Schlag: Sosehr ich es auch versuchte, ich konnte es nicht mehr leugnen – ich war kaputt.

Bevor ich krank zu Hause landete, hatte ich mich ordentlich durchs Leben geschlagen, fand ich. Ich hatte immer mit einer positiven Zukunftsvision vor Augen gelebt. Bereits als Studentin hatte ich mich im Businessoutfit, mit teurer Aktentasche und schickem Leasingwagen gesehen. Wenn ich das erst mal geschafft habe, dachte ich, dann bin ich glücklich. Mit diesem Bild im Kopf arbeitete ich unermüdlich auf mein Ziel hin. Ich war hartnäckig und packte alles Nötige an, und das erfüllte mich mit Stolz. Das waren meine besten Eigenschaften. Sie hatten mir schon viel Gutes gebracht. Ich hatte im ersten Anlauf das Gymnasium geschafft und mein Jurastudium in weniger als vier Jahren abgeschlossen, hatte meine Anwaltszulassung in der Tasche, eine gute und attraktive Stelle, ein schönes Haus und mit Victor und unseren lieben Töchtern eine wunderbare Familie. Manchmal musste ich auf Dinge verzichten, doch das war eben der Preis, den ich für das »Glück« zu bezahlen hatte.

Aber wenn ich dann das angestrebte Ziel erreichte, fühlte sich mein Erfolg jedes Mal schal an, inhaltslos. Die erhoffte Zufriedenheit blieb aus. Also entwarf ich die nächste Zukunftsvision und machte mich frischen Mutes wieder an die Arbeit.

Ich hatte keine Zeit zu verlieren, deswegen hatte ich es auf dem Weg immer eilig. Jede Minute des Tages und des Abends musste mit etwas Nützlichem verbracht werden. So hatte ich es bisher immer gehalten. Ich arbeitete in Vollzeit, und Victors und mein Arbeitsalltag war so organisiert, dass wir einander zu Hause mit größtmöglicher Effizienz ablösen konnten.

Ich plante alles minutiös. Wenn etwas schiefzugehen drohte, strengte ich mich einfach noch ein bisschen mehr an. Ich rannte von einer Verpflichtung zur nächsten und schnaufte erleichtert, wenn es mir gelang, eine weitere Krise abzuwenden. In meinem Kopf hatten alle Aufgaben die gleiche Priorität. Alles musste sofort erledigt werden. Faulenzen oder einfach ein bisschen Zeit vergammeln? Das kam nicht infrage, so etwas konnte ich mir nicht leisten.

Ich nahm mir nie Zeit für mich selbst, denn das wäre auf Kosten der Kinder gegangen. Ich musste immer für sie da sein. Das war neben dem unerreichbaren letzten Ziel ein weiterer nicht verhandelbarer Punkt auf meiner Liste. Es ging schließlich um die gute Sache, darum, das Glück zu finden.

Dabei fühlte ich mich rund um die Uhr gestresst – das begriff ich, nachdem ich erst einmal zum Stillstand gekommen war. Ganz tief in meinem Inneren hatte sich eine klagende Stimme Gehör zu verschaffen versucht, das spürte ich jetzt. Immer »jemandem zu Diensten zu sein« erschöpfte mich. Wann würde endlich meine Zeit kommen?, fragte ich mich zuweilen voller Selbstmitleid.

In gewisser Weise verübelte ich es also meiner Familie, dass ich immer für sie bereit sein »musste«. Das war verrückt. Insgeheim wünschte ich mir auch manchmal Zeit für mich, ganz für mich allein, ohne Verpflichtungen gegenüber anderen. Aber wenn sich dieses Gefühl meldete, unterdrückte ich es sofort, denn allein schon bei dem Gedanken fühlte ich mich schuldig, wie eine unglaubliche Egoistin.

Ich erinnere mich, dass wir einmal zu zweit ausgingen und die Kinder bei Freunden übernachten ließen. Wahnsinnige Schuldgefühle nagten an mir, und ich geriet in Panik, weil ich Angst hatte, es würde etwas passieren und sie wären allein, ohne eine Mutter, die sie trösten konnte. Natürlich wusste ich, dass es so nicht war, aber ich spürte die Angst in meinem ganzen Körper. Von da an blieb ich lieber daheim.

Aber auch damit ist noch lange nicht die ganze Geschichte erzählt. Zu Hause wurde ich oft böse, wenn die Mädchen nicht gut oder schnell genug auf mich hörten oder weil sie sich nie für all das bedankten, was ich Tag und Nacht für sie tat. Dafür, dass ich immer für sie da war, während Victor regelmäßig beruflich verreiste.

Ich hatte das Gefühl, alles allein schaffen zu müssen. Das empfand ich als schwierig und oft auch als zu viel, dann befürchtete ich, gleich unter der Last der Aufgaben zusammenzubrechen. Traurig, böse und einsam fühlte ich mich am Ende eines solchen Tages.

Manchmal keifte ich meine Tochter wie von Sinnen an, und das machte alles noch schlimmer. Welche Mutter tat denn so etwas? Eine Mutter schrie doch ihre Kinder nicht dermaßen an! Kein Zweifel, mit mir war wirklich etwas ganz und gar nicht in Ordnung.

Ich hatte keine Ahnung, wie ich dieser Wut ein Ende bereiten könnte. Es war, als hätte ich das Steuer nicht selbst in der Hand. Als *hätte* ich überhaupt kein Steuer. Victor und ich waren der Überzeugung, dass unsere Kinder »nicht gut hörten«, sei vor allem ihre Schuld. Sehr lange hatte ich eine Broschüre bei mir, die ich mir in der Apotheke so unauffällig wie möglich in die Tasche gesteckt hatte: *Was tun, wenn die eigenen Kinder Angst vor einem haben?*

Was für eine Pfuscherin ich doch war! Meinen kostbarsten Besitz – eine wunderbare Familie – zerstörte ich selbst. Ich las in Büchern und Zeitschriften alles über Erziehung, was ich in die Finger bekommen konnte, und besuchte auch einen Kurs, doch es half nicht viel.

Lag es daran, dass wir beide ohne eindeutige Vorbilder hatten aufwachsen müssen? Der Vater meines Mannes war verstorben, als Victor sechs gewesen war, meine Mutter aus meinem Leben verschwunden, als ich fünf gewesen war. Was wir jetzt taten, wirkte eher, als würden wir »Vater, Mutter, Kind« spielen, und das würde unsere Töchter für den Rest ihres Lebens belasten. Was um Himmels willen war da bloß falsch gelaufen?

Ich hätte mir Hilfe suchen müssen, aber das tat ich nicht – oder jedenfalls nicht wirklich. Und wenn ich dann doch einmal versuchte, das Ganze mit einer Freundin zu besprechen, und ihr erzählte, dass ich oft sehr wütend auf meine Kinder sei, dachte sie, ich würde übertreiben. Es sei doch ganz normal, hin und wieder wütend auf die eigenen Kinder zu werden, das passiere den Kindern schließlich umgekehrt auch. Dass es bei uns zu Hause, meinem Empfinden nach, schlimmer war als »normal«, vermochte ich anderen nicht gut zu vermitteln.

Vielleicht konnten sie auch nicht glauben oder sich nicht richtig vorstellen, dass ich manchmal wütend wurde, gerade weil ich normalerweise so sanft und freundlich war. Diese Seite gab es natürlich auch – bis wieder ein solcher Augenblick gekommen war und die Wut die Regie übernahm.

Die Scham darüber, dass ich nicht wusste, wie ich damit umgehen sollte, war riesengroß. In solchen Gesprächen lautete das Fazit immer, es sei schon alles in Ordnung, ich beurteile mich selbst einfach zu streng, wolle es zu gut machen. Ich war doch eine liebe Mutter?

Und so kämpfte ich mich weiter durch. Auf der Arbeit gab es immer viel zu tun, und es herrschte ein hoher Erwartungsdruck, also machte ich einfach weiter. Ich hatte unzählige Bälle in der Luft, und da war niemand, der das Ganze hätte übernehmen können, also musste ich weitermachen – um jeden Preis.

Nach außen hin ließ ich mir nur wenig anmerken. Ich gehe nicht davon aus, dass jemand vermutete, was sich hinter unserer Haustür abspielte, dass ich manchmal so unglaublich ausflippte. Darauf achtete ich sorgfältig, denn ich schämte mich zu Tode.

Als ich jetzt sozusagen den Film zurückspulte, konnte ich klar erkennen, dass ich bereits mehrfach und vielleicht schon jahrelang am Rande eines Burn-outs entlangbalanciert war.

Und auch, dass ich mich zur Meisterin des Zusammenreißens entwickelt hatte. Die Schultern gestrafft und weiter. Das hatte ich immer so gemacht. Aber jetzt saß ich zu Hause.

Ich bekam Karten, auch von meinen Kollegen. Alle waren so unglaublich lieb, doch ich konnte das Lesen der verständnisvollen Nachrichten fast nicht ertragen.

Meine Schwägerin meldete sich über WhatsApp und schrieb, ich solle mich gut erholen und sie anrufen, wenn ihre Familie etwas tun könne. Ich dankte ihr und wusste gleichzeitig sofort, dass ich nie von dem Angebot Gebrauch machen würde. Ich war es einfach so sehr gewohnt, mich um alles selbst zu kümmern. Hilfe anzunehmen hätte sich wie ein Schwächegeständnis angefühlt. Ich würde die Kuh doch wohl selbst vom Eis bekommen?

Die Mädchen fanden es herrlich, dass ich plötzlich so viel zu Hause war. So konnte ich ihnen nachwinken, wenn sie in die Schule gingen. Als ich zu Anna sagte, ich fände das schön, gab sie zurück: »Ich auch, Mama.« Das sagte sie voller Inbrunst. Auch Julia erklärte, es gefalle ihr so gut, dass ich zu Hause war, wenn sie aus der Schule kamen, und dass sie das noch nie gesagt habe, weil ich dann sicher etwas wie »Ja, aber ich muss doch arbeiten und Geld verdienen« geantwortet hätte.

Falsche Antwort.

Der erste Schritt ist Akzeptanz, hatte die Betriebsärztin gesagt.

In den folgenden Wochen gewöhnte ich mich langsam an den Gedanken, zu Hause zu bleiben. Mit der Zeit genoss ich es sogar ein wenig, zu Hause herumzuräumen, morgens im Bademantel den Mädchen Tschüss zu sagen und eine Tasse

Tee für sie bereitzuhaben, wenn sie aus der Schule kamen. Das vermittelte mir ein angenehmes häusliches Gefühl. Aber es bedeutete nicht, dass ich das Ganze schon an die große Glocke gehängt hätte, vielmehr tat ich alles, um diesem Thema auszuweichen.

Mitte Dezember fiel bei den Leuten langsam der Groschen.

Beide Mädchen bekamen Übernachtungsbesuch. Annas Freundin wurde von ihrer Mutter gebracht. Als wir kurz in der Küche standen, schaute sie mich prüfend an und legte mir in einer liebevollen Geste die Hand auf die Schulter.

»Alles in Ordnung?«, erkundigte sie sich. »Bist du müde? Hast du zu viel gefeiert?«

»Gefeiert habe ich nicht, aber müde bin ich.«

Sie fragte nach unseren Plänen für Weihnachten.

Ich erklärte, wir würden es uns schön gemütlich machen. An Heiligabend zu viert, am ersten Weihnachtstag bei einem Restaurantbesuch mit Victors Mutter und am zweiten beim Brunch mit meinem Bruder und seiner Familie.

»Sind deine Eltern auch dabei?«

Ich erzählte, mein Vater lebe in Norwegen und könne dieses Jahr nicht in die Niederlande kommen.

»Und deine Mutter?«

»Die wohnt in den Niederlanden, in Drenthe. Aber ich habe keinen Kontakt mehr zu ihr.« Ich versuchte, meinen Ton so neutral wie möglich zu halten, spürte jedoch, dass hier der Kern meines Burn-outs lag. Geschickt lenkte ich das Gespräch auf ein anderes Thema, doch tief in meinem Inneren wusste ich: Ich würde dem Ganzen nicht mehr ausweichen können.

Ich backte einen Stapel Pfannkuchen für die Mädchen und ihre Gäste. Alle brannten an.

Am zweiten Weihnachtstag gingen wir zu viert ins Kino. In *Annie*.

»Die alte Version von *Annie* war früher mein Lieblingsfilm«, erzählte ich den Mädchen. Ich berichtete, ich hätte den Film schrecklich traurig gefunden, er habe aber zum Glück ein Happy End.

»Herzlichen Dank, Mama«, meinte Julia. »Dann wissen wir ja schon mal, wie er ausgeht.« Sie verdrehte die Augen und schaute Anna lachend an.

»Vor allem dieses eine Lied, *Tomorrow*«, fuhr ich fort, aber Julia hatte den Blick schon wieder auf die Leinwand gerichtet. Im Schoß hatte sie Popcorn – wie immer das salzige.

Ich dachte an die *Annie* von 1982 zurück. Acht war ich damals gewesen. Dieser Film hatte mich unglaublich beeindruckt, und der Song *Tomorrow* hatte nicht nur Annie, sondern auch mir immer wieder Hoffnung geschenkt. Das Lied wurde zu meinem Halt. Morgen würde alles besser werden. Morgen. Das wusste ich ganz bestimmt. Wenn ich nur immer weiter daran glaubte, dass alles gut werden würde, dann würde auch alles gut werden. Es konnte gar nicht anders sein.

Ich schaute nach rechts und nach links. An jeder Seite eine Tochter. Mein Herz quoll über vor Liebe. Ich konnte mir nicht vorstellen, jemals von ihnen wegzulaufen, wie meine Mutter das getan hatte.

Zum Jahreswechsel besuchten uns Freunde, aber ich wagte es noch immer nicht, jemandem zu erzählen, was mit mir los war.

So ging es nicht weiter. Indem ich schwieg und mich die ganze Zeit schämte, machte ich alles nur noch schlimmer. Ich selbst konnte als Einzige etwas daran ändern. Ich hatte das Steuer sehr wohl noch in der Hand.

Am nächsten Tag mailte ich der Freundin, die mich besucht hatte, ich sitze schon seit einigen Wochen mit einem Burn-out daheim und wolle, dass sie das wisse. Sie reagierte sofort. Sehr lieb. Sie bot mir Hilfe an, erklärte, das könne jedem passieren, und erkannte auch, dass es sehr viel einfacher war, eine Maske aufzusetzen, als sie abzunehmen. Weil ich das jetzt getan hatte, nahm ich mir vor, diese Maske zu untersuchen und zu den Anfängen zurückzukehren.

Angst verspürte ich keine mehr. Was hatte ich noch zu verlieren?

2. Kapitel: Wer bin ich?

Später Nachmittag, Anfang Januar, draußen war es schon dunkel. Ich hatte eine CD von Dotan aufgelegt, der Song »7 layers« schallte aus den Lautsprechern.

»I was a stranger in my own skin«, sang Dotan. »Ich fühlte mich fremd in meiner eigenen Haut.«

Umringt von alten Briefen, Karten und Fotoalben saß ich am offenen Kamin und wühlte in meinen Sachen. Es waren einzelne Puzzleteile, die zusammengehörten, jedoch noch nicht zu einem schlüssigen Bild zusammengesetzt worden waren. Ohne Zweifel fehlten sehr viele Teile, aber welche? War es bei all den Lücken in meinen Erinnerungen überhaupt möglich, sie zu ergänzen?

Obwohl die Dokumente da vor mir auf dem Boden von mir handelten, spürte ich vor allem eine gewaltige Distanz. Ich war eine Fremde.

»Sie müssen herausfinden, was gut für Sie ist«, hatte die Betriebsärztin zu mir gesagt.

Aber woher sollte ich wissen, was gut für mich war, wenn ich nicht einmal wusste, *wer* ich war? Wenn ich nicht diejenige war, die ich immer zu sein geglaubt hatte, wer war ich dann?

Mir blieb nichts anderes übrig, als alles so gut es ging zu ordnen, auf die Suche nach den fehlenden Teilen zu gehen und abzuwarten, was mir begegnete. Ein Projekt war geboren: die Suche nach meiner Kindheit und Jugend.

Früher an diesem Tag hatte ich meine Fotoalben aus dem Schrank geholt, dazu die Schachtel mit meinen alten Kalendern und das braune Köfferchen von meinem Vater, in dem ich Dinge von früher aufbewahrte. In einem anderen Schrank hatte ich auch noch einen IKEA-Plastikkorb mit altem Kram und einen schwarzen Schuhkarton mit einzelnen Fotos, Zetteln und Karten gefunden. Das alles hatte ich mitten ins Wohnzimmer gestellt. Es wirkte wie eine Insel – eine unbewohnte Insel. Nachdem ich ein paarmal daran vorbeigelaufen war, hatte ich mich schließlich danebengesetzt und einfach irgendwo angefangen.

Auf gut Glück nahm ich ein schwarzes Notizbüchlein in die Hand. Es kam mir nicht bekannt vor. Wie war das wohl bei mir gelandet? Der Umschlag aus Papier, das Schwarz schon verblasst, ein bisschen abgegriffen, aber durchaus widerstandsfähig, die Seitenränder zwischen den Deckeln rot verfärbt. Ich schlug das Büchlein auf.

7. April 1974
Was für ein schöner Tag/eine schöne Nacht! Vollmond. Um 0:30 Uhr setzen langsam die Wehen ein. Um 2:30 Uhr weckt mich deine Mutter. Es scheint jetzt wirklich ernst zu werden … Wir stoppen die Zeit zwischen den Wehen: Sie kommen alle fünf Minuten. Wir rufen den Arzt an und fahren in die Geburtsklinik. Wie sich herausstellt, hat sich der Muttermund um ein bis zwei Zentimeter geöffnet. Wir packen die Koffer in einem sehr gemütlichen Zimmer aus. Nebenan kam dein

Bruder zur Welt. Inzwischen ist es 5:15 Uhr, Wehen alle zwei Minuten.
8:30 Uhr. Deine Mutter hupft durchs Zimmer, während ich auf ihrem Bett fast einschlafe. Allmählich kommen die Wehen schneller. Wir sind jetzt schon ein paar Stunden hier, und das ist ganz seltsam, denn beim ersten Mal ist es so schnell gegangen, aber jetzt sitzen wir an diesem Sonntagmorgen ruhig hier und warten ab. Diese zusätzliche Zeit gibt uns mehr Gelegenheit, uns bewusst zu machen, was da vor sich geht, und wir geraten eigentlich immer weiter in eine angenehme, feierliche Stimmung.

Ein Live-Geburtsbericht meines Vaters. Meine Eltern wohnten zu dieser Zeit wegen seiner Arbeit auf Curaçao. Mein Vater hatte damals eine Stelle im Bereich »Personalangelegenheiten« bei einem großen multinationalen Unternehmen. Das Telegramm, das die beiden der Familie in den Niederlanden geschickt hatten, war auch in das Büchlein eingeklebt.

CURACAO EMMASTAD SONNTAGMORGEN 7. APRIL 1974 11:15 UHR GEBOREN UNSERE SOPHIE CLARA 3910 G 53 CM PRACHTMÄDCHEN MIT PRACHTMUTTER ALLES GUT VERLAUFEN.

Zwischen den Seiten lag eines dieser dünnen Luftpostblätter. Ein Brief, an mich gerichtet. Ich erkannte die Handschrift sofort: die meiner Großmutter, der Mutter meiner Mutter, von der ich meinen zweiten Namen habe.

De Bilt, 8. April 1974. Meine liebe, liebe kleine Sophie, da bist du also.

Sie hoffe, ich würde später genau wie sie den Gesang der Vögel und die blühenden Pflanzen genießen. Sie schrieb, das Leben biete eine ganze Skala an Möglichkeiten und dass wir darüber sicher noch einmal sprechen würden, wenn ich älter wäre.

Lass dich bis auf Weiteres erst einmal schön verwöhnen.

Sie beendete den Brief folgendermaßen:

Du bist an einem Sonntag geboren, das ist schon einmal ein guter Anfang. Hier ist der Frühling voll ausgebrochen, und an dem Beginn des Weges, den du gehen wirst, stehen sehr viele bunte Frühjahrsblumen!
Deine Großmutter, Claar

Was für ein lieber Brief meiner Großmutter zum Beginn meines Lebens!

Nach dem Geburtsbericht meines Vaters füllte meine Mutter eine Seite nach der anderen mit dem, was sich während meiner ersten Tage und danach ereignete. Zum Beispiel erfuhr ich, dass ich einen süßen Haarschopf hatte und wann ich mein erstes Fläschchen bekam, dass ich am ersten Tag bei ihr auf dem Zimmer bleiben durfte und meine Eltern mich von allen Seiten betrachten konnten. Sie schrieb, ich hätte ein »ganz, ganz liebes Gesicht«, und jedes Mal, wenn sie mich anschaue, durchzucke sie die Freude wie ein Schock.

Wir werden alles tun, was uns möglich ist, um dir ein gutes und angenehmes Leben zu schenken …

Ich musste kurz schlucken. Da saß ich am offenen Kamin und konnte nicht aufhören zu lesen. Ich war fasziniert und zugleich durcheinander, während ich von den rosa Blumen las, die überall im Haus standen, um meine Ankunft zu feiern, und von der Torte, die man anschnitt. Ich las, dass die Mutter meines Vaters einige Tage auf mich aufpasste und dass ich meinen Vater mit einem Lachanfall beglückte, nachdem er mir das Fläschchen gegeben hatte. Von meinem ersten Teelöffel Orangensaft mit Wasser, meinem ersten Ausflug zur »Bucht«, meinen ersten Karotten. Ich las, wie ich verblüfft auf dem Rücken aufwachte, obwohl ich auf dem Bauch liegend eingeschlafen war, und dass ich von Freunden versorgt wurde, während meine Eltern eine Woche zusammen Urlaub machten, als ich vier Monate alt war.

Ende Oktober erfuhren meine Eltern, dass mein Vater versetzt werden würde: Ende Dezember musste er eine neue Stelle in London antreten. Sie wären lieber auf Curaçao geblieben, aber die Angelegenheit wurde auf höherer Ebene entschieden. Der ganze Haushalt wurde in Kisten verpackt, und Ende November zogen wir um, zuerst in die Niederlande, zu Opa und Oma nach Amstelveen. Es war kalt und ungemütlich, es regnete und stürmte häufig. Eine große Veränderung, dicke Sachen, laufende Nase.

Aber du hast einen guten Appetit, und du passt dich ganz wunderbar an.

Meine Eltern fanden bald ein eigenes Haus für einen Monat und kauften ein Auto, einen großen gelben Volvo Kombi. Zwischen den Jahren flogen meine Mutter, mein Bruder und ich nach London. Mein Vater war schon am Vorabend losgefahren, mit dem Auto voller Gepäck ging es mit dem Schiff von Hoek van Holland nach Harwich. In London wohnten wir zunächst in einem Hotel in der Primrose Hill Road. Meine Mutter schrieb:

Dir ist alles recht, solange du nur schön schlafen kannst, wenn du müde bist, leckeres Essen bekommst und spielen kannst.

Vom Lesen bekam ich den Eindruck, ein unkompliziertes, fröhliches Baby gewesen zu sein – und dass meine Mutter ganz verrückt nach mir gewesen war. Wie war das nur möglich? Wie konnte das ein paar Jahre später so extrem umgeschlagen sein? Ich bekam das nicht zusammen. Was war nur geschehen?

Zwischen den Worten meiner Mutter fiel mein Blick plötzlich auf eine andere Handschrift: auf die meines Vaters. Er schrieb, er habe an meinem Bettchen gestanden und mein »Gesichtchen« betrachtet, das unter den Decken hervorgelugt habe.

Mit dem Schnuller quer im Mund. Und geschlossenen Augen.

Er hatte mir über den Kopf gestreichelt und mich genau beobachtet.

Das blonde Haar lag dir wie ein Ring um den Kopf.

Er schrieb, er werde dieses Bild nie mehr vergessen.

Ich konnte einfach nicht begreifen, dass der Mann, der das festgehalten hatte, derselbe Mann war, zu dem sich meine Beziehung mittlerweile schon seit Jahren schwierig gestaltete. Es hatte lange Phasen gegeben, in denen ich ihm, so gut es ging, auszuweichen versucht hatte. Aber so liebevoll hatte er mich also einmal betrachtet.

In meinem Kopf entstand eine Art Kurzschluss. Inzwischen war da vor allem eine große Distanz zwischen uns, außerdem Unverständnis und Wut. Er behauptet, ich hätte nach dem Weggehen meiner Mutter meine ganze für sie bestimmte Wut auf ihn projiziert, und das ist auch sehr gut möglich. Schließlich war er noch da, und ich musste mit meinen Gefühlen ja irgendwohin.

Hatte er für etwas büßen müssen, an dem er keine Schuld trug? Ganz kurz war mir zumute, als wüsste ich gar nichts mehr.

Auf einer der nächsten Seiten las ich, dass ich, noch keine drei Jahre alt, eines Tages im Auto zu meiner Mutter gesagt hatte: »Ich werde sehr gut für dich sorgen. Und für Papa. Und für meinen Bruder.«

Daraufhin hatte meine Mutter geantwortet: »Ich werde gut für *dich* sorgen.«

»Nein«, hatte ich erwidert. »Ich sorge für mich selbst.«

Wer hätte damals vermuten können, wie sehr ich nur wenig später tatsächlich auf mich selbst zurückgeworfen werden würde?

Ich blätterte weiter, vorbei an eingeklebten Karten, Zeichnungen und Urlaubsberichten bis zur letzten beschrifteten Seite mit einem Datum.

7. Dezember 1978.

Danach kamen nur noch leere Seiten.

Ein knappes Jahr später war sie weg.

Ich verspürte das Bedürfnis, nach draußen zu gehen. Ein bisschen frische Luft würde mir guttun.

Auf dem Rückweg von meinem Spaziergang kam ich an unserem alten Haus in der Groot Hertoginnelaan Nummer 74 vorbei. In diesem Haus hatte ich noch zusammen mit meiner Mutter gewohnt, bevor sie wegging. Es befand sich nur fünfhundert Schritte von dem Haus entfernt, in dem ich nun selbst mit meiner Familie wohnte.

Wir hatten überhaupt nicht vorgehabt, in diese Gegend zu ziehen, aber als wir damals nach einem größeren Haus gesucht hatten, waren wir doch in diese Gegend gekommen, um besser vergleichen zu können. Das erste Haus, das wir uns angesehen hatten, war unerwarteterweise sofort das Richtige gewesen.

Wenn ich jetzt so darüber nachdachte, fand ich es eigentlich ganz witzig, dass wir so nah an meinem alten Haus wohnten. Ich ging – genau wie an diesem Tag – oft daran vorbei, auch mit den Kindern. Beim letzten Mal hatte ich zu dem Fenster über der großen Haustür gezeigt.

»Das war mein Zimmer«, hatte ich gesagt und lachend ergänzt: »Aus diesem Fenster habe ich als kleines Kind zusammen mit einem Freund Passanten mit einer Kanne begossen.«

Wir hatten zusammen einen Riesenspaß gehabt, aber eine ältere Dame hatte das Ganze weniger lustig gefunden und war wütend geworden. Sie hatte sich einen lockeren Pflasterstein genommen und ein großes Kreuz in unsere gerade frisch gestrichene dunkelgrüne Haustür geritzt.

Zu Hause nahm ich ein Fotoalbum zur Hand und schaute mir Aufnahmen unseres schönen Hauses mit dem herrlichen Garten an. Fröhliche Fotos von meiner Feier zum vierten Geburtstag. Von unserem Urlaub in Frankreich, als wir in einem Schloss gewohnt hatten. Vom Strand in Scheveningen, vom Königinnentag und im Tierpark von Wassenaar. Auf der Wippe, auf der endlos langen Holzrutschbahn und am Kaugummiautomaten. Alles wirkte so fröhlich und friedlich. Immer hatte meine Mutter dazugeschrieben, was zu sehen war. Und ein weiteres Foto …

Sophies sechster Geburtstag. Ein Übergang in eine andere Zeit. Mama weg, in Dänemark. Anneke hilft bei der Geburtstagsfeier mit.

Die Handschrift meines Vaters. Es wurde mir zu viel. Ich spürte, wie mir die Tränen in die Augen traten. Sollte ich wirklich in diese Erinnerungen eintauchen?

Mein Blick fiel auf den hellblauen Umschlag mit dem Goldherzaufkleber als Verschluss. Auf der Vorderseite erkannte ich die Handschrift, die ich so liebte: die meiner lieben Großmutter Claar. Ich hätte ihr Haus in De Bilt noch mühelos aus dem Gedächtnis nachzeichnen, mir den Geruch in Erinnerung rufen und spüren können, wie es war, dort zu sein, dort zu übernachten. Ich sah alles vor mir: die Haustür, den Flur, das Linoleum auf dem Boden, den Flieder vor dem Haus. Den offenen Kamin, den großen schwarzen Flügel und die sechs kleinen Holzhocker am Wohnzimmertisch, in die man die Namen aller Kinder eingraviert hatte. Einen eigenen Hocker für jedes Kind.

Das Puppenzimmer – das war das Gästezimmer, in dem ich meist schlief, wenn ich dort übernachtete. Die alte Zahnarztpraxis meines Großvaters, die nach seinem Tod als »Studierzimmer« meiner Großmutter diente und in dem überall ihre prächtigen Schwarz-Weiß-Fotos hingen.

Meine Oma war eine der ersten professionellen Fotografinnen in den Niederlanden gewesen und hatte eine eigene Dunkelkammer auf dem Dachboden gehabt, wo an einer Dachschräge ein Poster mit dem Zitat »Nicht jammern, alles gut« der fiktiven politischen Partei von Van Kooten en De Bie hing.

Zum Glück hatten wir unsere Großmutter, die Fotografin, gehabt! Erst jetzt wurde mir klar, was für eine besondere Frau sie gewesen war.

Auf der Website des niederländischen Fotomuseums las ich, dass sie mit vierzehn Jahren die erste Kamera bekommen hatte, einen Kodak-Apparat, und damit 1935 nach Paris gegangen war, um an der weltberühmten Fotoschule Publiphot die Ausbildung zur Fotografin zu absolvieren. Sie wohnte in Montmartre. Bald lernte sie, Farbaufnahmen zu machen. Ihren ersten großen Auftrag bekam sie im Rahmen der Weltausstellung in Paris 1937, und dafür erhielt sie sogar eine Goldmedaille. Nach ihrer Rückkehr in die Niederlande eröffnete sie im selben Jahr ein eigenes Fotostudio, in dem sie arbeitete, bis sie 1943 meinen Großvater heiratete. Im Jahr 1964 nahm sie das Fotografieren wieder auf, denn 1961 war ihr Mann völlig unerwartet verstorben. Sie machte nun vor allem Kinderporträts. Später erhielt sie abwechslungsreichere Aufträge und arbeitete sogar als Modefotografin für die Frauenzeitschrift *Libelle*.

In dem blauen Umschlag befand sich ein Stapel Briefe. Briefe, die meine Großmutter jedes Jahr meinem Bruder – ihrem ersten Enkelkind – zum Geburtstag geschrieben hatte. Darin schilderte sie, was in diesem Jahr so alles in seinem Leben (und auf der Welt) geschehen war. Mein Bruder hatte mir die Briefe zum Lesen gegeben.

Ich machte mich auf die Suche nach einem ganz bestimmten Brief, dem aus dem Jahr 1980, in dem meine Großmutter das Jahr 1979 beschrieb – das Jahr, in dem meine Mutter weggegangen war. Dann begann ich zu lesen. Der Brief begann mit einer langen Ausführung zum Schah von Persien und zu den Spannungen im Mittleren Osten. Erst ganz am Ende befasste sich meine Oma mit den Ereignissen in unserer Familie. Wie in der politischen Welt war es auch dort zu großen Spannungen gekommen.

> *Die Beziehungen zwischen jungen Leuten gerieten in ausweglose Situationen, und immer mehr Ehen scheiterten. Es war und ist ganz so, als würde die Toleranz nicht mehr ausreichen oder als würde jeder für sich leben wollen, und so geschah es plötzlich auch in eurer wunderbaren Familie. Deine Mutter, meine geliebte Elaine, ging am 5. Oktober 1979 weg und ist bis zum heutigen Tag nicht zurückgekehrt!*

Meine Mutter war nach Dänemark gezogen, zu einem Freund, der zu den Anhängern eines dänischen Mystikers gehörte. Sie hatte ihn im Sommer kennengelernt und konnte gut mit ihm reden. Meine Großmutter schrieb:

Wir – unsere Familie, ich selbst, andere nahe Angehörige und enge Freunde – waren nach der Abreise eurer Mutter völlig niedergeschmettert zurückgeblieben.

Vor allem abends hatten wir viel geweint. Wir konnten nicht begreifen, was geschehen war. Meine Mutter, plötzlich einfach weg!

Was konnte nur mit ihr geschehen sein, dass sie euch zurückließ? Was das betrifft, tappen wir noch immer im Dunkeln, solange sie uns das nicht selbst erklärt.

Meine Großmutter schrieb auch voller Bewunderung über meinen Vater. Er hatte nicht alles hingeschmissen, sondern »Wunder« bewirkt, indem er allerlei Leute hinzugezogen hatte, die ihm dabei halfen, die Familie und den Haushalt am Laufen zu halten. Jeden Morgen stand er um Viertel vor sechs auf, um alles in Ruhe zu erledigen, sodass er uns in die Schule bringen konnte, ohne deshalb zu spät zu seiner eigenen Arbeit zu kommen. Inzwischen – so schrieb meine Großmutter weiter – schienen sich alle mehr oder weniger mit der Situation abgefunden zu haben.

Wir müssen weiterleben und dürfen nicht stehen bleiben, denn damit ändern wir nichts an den Problemen und lösen sie noch viel weniger.

Sie selbst versuchte, sich tapfer auf den Beinen zu halten. Sie hatte ihre Tochter zwar noch gesprochen, aber deren Halsstarrigkeit und der feste Entschluss, nicht zu ihrer Familie zurückzukehren, hatten meiner Oma großen Kummer bereitet.

Ich hoffe, dass trotzdem ein gutes Jahr vor euch liegt, auch wenn alles so anders ist.
Alles, alles Liebe von Großmutter

Ich dachte voller Liebe an sie zurück.

Als ich etwa elf Jahre alt gewesen war, hatte sie uns den Schlüssel zu ihrem Haus gegeben. Mein Vater hatte damals gerade eine neue Freundin gehabt, und dadurch hatten wir unsere Großmutter seltener gesehen.

»Ihr Lieben, ihr seid immer bei mir willkommen, Tag und Nacht«, hatte sie gesagt und uns den Schlüssel überreicht.

Das werde ich nie vergessen. Es schenkte mir ein Gefühl der Sicherheit, als gäbe es irgendwo doch noch ein Netz, das uns im Notfall auffangen würde.

Durch das Lesen der Briefe meiner Großmutter bekam ich diese frühe Zeit meines Lebens langsam zu fassen. Nur Fetzen davon, aber es war ein Anfang.

In einem Brief aus dem Jahr 1976 las ich, dass meine Eltern sehr positiv eingestellte, einfühlsame, fröhliche und auch vernünftige Leute waren. Und dass meine Großmutter mit unendlicher Freude und Dankbarkeit beobachtete, wie beide mit meinem Bruder und mir umgingen. Ich las, dass mein Bruder und ich fröhliche und sehr lebhafte Kinder waren, dass das Leben nur so in uns brauste. Dass wir in einem reizenden Haus mit einer liebevollen Atmosphäre wohnten, in einem Haus, das vor Büchern und schönen Dingen geradezu überquoll. Ich las auch, dass zwischen meinem Vater und seiner Seite der Familie eine Entfremdung stattfand. Das musste der Grund dafür sein, dass wir seine Angehörigen nie kennengelernt hatten.

Ihr Brief vom Januar 1981 brachte mich zum Weinen. Mein Vater hatte kurz nach dem Auszug meiner Mutter, im November oder Dezember 1979, eine Beziehung mit Anneke begonnen, einer Frau, die selbst auch zwei Kinder hatte. Sie war die Erste, die meine Mutter ersetzen sollte, die Erste von vielen.

Meine Mutter selbst kam Anfang Juni 1980 zum ersten Mal wieder in die Niederlande; am 5. Oktober 1979 hatte sie das Land verlassen. Über das Setting für unser Wiedersehen hatte man gut und sorgfältig nachgedacht: Wir sollten uns im Tierpark Wassenaar treffen. Meine Reaktion damals war – so scheint es zumindest – kaum emotional. Ich habe nur gesagt, dass meine Mutter ganz anders aussehe als in meiner Erinnerung an sie.

Auch als das Wiedersehen hinter uns lag, behielten mein Bruder und ich unsere scheinbar lakonische Haltung bei, und das erstaunte meine Großmutter:

War das Problem der Scheidung nicht richtig zu euch durchgedrungen, oder schobt ihr es beide lieber ganz weit weg?

Nach dieser schwierigen ersten Konfrontation kam meine Mutter noch einige Male zurück in die Niederlande, aber daran habe ich keine Erinnerungen. Ich weiß nicht, ob wir sie damals gesehen haben.

Irgendwann Ende der Achtzigerjahre kehrte meine Mutter endgültig in die Niederlande zurück. Im darauffolgenden Sommer heiratete sie ihren neuen Mann, den aus Dänemark, mit dem sie zwei Kinder bekommen sollte. Sie ließen sich in der Region Drenthe nieder, an einer Stelle, die ihrem Mann »vermittelt« worden war, sie sollten dort wohnen. Sie planten, ein spirituelles Zentrum zu gründen, das Menschen in körperlicher oder emotionaler Not Hilfe bot.

Wir wohnten inzwischen bei Anneke und ihren Kindern in der Bentinckstraat in Den Haag.

Aus dieser Zeit gab es in meinen Fotoalben kaum Bilder. Ich fand eine Aufnahme, die Anneke zeigte, wie sie auf demselben Gartenstuhl saß, auf dem ein halbes Jahr zuvor noch meine Mutter gesessen hatte, und am selben Tisch. Dieselben Gartenmöbel, eine andere Frau. Die eine Mutter weg, und dann kam offensichtlich einfach eine neue.

Außerdem gab es noch ein Foto vom Weihnachtsessen 1980, bei dem wir zu sechst waren.

Anneke und ihre Kinder, dazu wir drei. Dann ein Foto von meinem siebten Geburtstag, mehr nicht.

Ich erinnere mich daran, dass wir immer draußen spielten. Ich glaube, mit dem Springseil, Verstecken und endlose Murmelpartien. Das war schön. Ich kam – so meine ich zumindest – sehr gut mit Paula aus, Annekes Tochter, mit der ich mir ein Zimmer und ein Stockbett teilte.

Weniger schöne Erinnerungen gibt es auch. Mein Bruder und ich mussten Haferbrei zum Frühstück essen, Annekes Kinder bekamen Müsli. Das wollten wir auch! Und dann hatte ich einmal Läuse, und Anneke war furchtbar böse. Ich saß im Badezimmer und musste sehr lange ganz allein mit dem Stinkezeug im Haar dort warten. Ich fühlte mich so einsam.

Ich glaube, ich war Anneke zu viel. Das konnte ich im Rückblick auch sehr gut nachvollziehen, aber was hätte ich denn daran ändern sollen?

Im nächsten Brief meiner Großmutter las ich, dass meine eigene Mutter im Dezember 1981 erneut Mutter geworden war und dass wir am Neujahrstag 1982 mit unserer Großmutter und einer unserer Tanten nach Drenthe fuhren, um das neue Baby – einen kleinen Jungen – zu bewundern. Das muss ein schmerzliches Wiedersehen gewesen sein. Es herrschte starker Frost, aber bei meiner Mutter und ihrem neuen Mann war es, meiner Großmutter zufolge, angenehm warm.

Meine Großmutter hatte große Mühe mit der Situation, schrieb sie. Sie begriff nicht, dass meine Mutter eine neue Familie gründete, uns jedoch nie anrief oder sich nach uns erkundigte. Als würden wir nicht mehr existieren. Meine Großmutter war der Auffassung, dass meine Mutter und ihr Mann absurde Überzeugungen pflegten, denn sie hatten durchblicken lassen, dass sie nur etwas taten, wenn sie wirklich etwas dabei »empfanden«.

> *Natürlich weiß ich, dass es sehr viel Schein gibt, den es besser nicht geben sollte, aber das kann man seinen eigenen Kindern gegenüber nicht ewig verteidigen. Wir werden sehen, was die Zukunft bringt. Vorläufig hoffe ich, dass wir euch regelmäßig etwas Wärme schenken können, aus der deutlich wird, dass wir »einfach nur« fühlen, ohne die ganzen schwierigen Gedanken dabei.*

Das rief keine Bilder in mir wach, aber ich kann mir nicht vorstellen, dass ich mich beim Anblick des neuen Kindes meiner Mutter nicht gefühlt hätte, als hätte man uns ersetzt. Ich habe doch bestimmt gedacht: *Und was ist mit uns?*

Und das dachte ich jetzt wieder. Wie hatte meine Mutter

sich das im Kopf zurechtgebogen? Als ob wir nicht mehr existierten. Wie hatte sie das nur tun können? Zulasten ihrer eigenen Kinder? Mir wurde ganz übel davon.

Im Sommer 1982 fuhren mein Vater und Anneke mit meinem Bruder und ihren Kindern zum Segeln nach Norwegen. Ich durfte oder konnte offensichtlich nicht mit. Stattdessen hatte ich die gesamten Ferien bei meiner Mutter verbracht, so las ich. Daran, wie dieser Sommer bei meiner Mutter gewesen war, konnte ich mich nicht erinnern. Meine Großmutter schrieb, dass sie sich große Sorgen um uns mache, weil wir so »verschlossen« seien. Sie vermutete, wir hätten uns innerhalb kurzer Zeit so stark anpassen müssen, dass wir das Gefühl der Sicherheit und Geborgenheit, das für ein Kind am allerwichtigsten ist, schon fast nicht mehr kannten.

Sie konnte auch nicht verstehen, dass die Familie meines Vaters so große Distanz wahrte. Auf dieser Seite hatten wir doch auch Großeltern?

Meiner Großmutter zufolge war der Vater meines Vaters ein überaus autoritärer Mann, der vor allem sehr großen Wert auf Äußerlichkeiten legte, genau wie schon seine Mutter. Als mein Vater seinen Studienabschluss geschafft hatte, führte sich sein Vater – ein Selfmademan – so auf, als wäre er gerade selbst zum Doktor der Ökonomie promoviert worden, schrieb meine Großmutter.

Er hat ganz unglaublich angegeben.

Meine Mutter hieß man nicht gerade willkommen. Schlimmer noch, man hatte für meinen Vater bereits eine andere Heiratskandidatin ausgewählt …

Letzten Endes führte ein Erbstreit den endgültigen Bruch zwischen meinem Vater und seiner Familie herbei, und als Folge davon mussten wir ohne Großeltern von dieser Seite der Familie auskommen.

Als der Brief von 1982 entstand, hatte sich in unserem Leben wieder viel ereignet, schrieb meine Großmutter. Wir waren bei Anneke ausgezogen und wohnten jetzt in der Timorstraat 111. Drei einzelne Menschen. Wir waren zu dritt, aber alle drei allein, jedenfalls fühlte es sich für mich häufig so an. In meinem Fotoalbum fand ich nur ein einziges Foto aus dem Jahr 1982 – es war ein Foto vom Haus.

Mein Vater hatte allerdings etwas darüber in meinem »Lebensbuch« (dem zweiten Teil) festgehalten, und zwar, dass mit unserem Auszug bei Anneke »ein neues Kapitel in unserem Leben« begann. Dort hatten wir einfach nicht mehr bleiben können. Sie hatte uns als Problemkinder wahrgenommen – vor allem mich –, und das ging nicht so weiter. Mein Vater schrieb außerdem:

Liebe Sophie,
du bist ein großartiges Mädchen, und dein Papa bewundert all deine Gaben und Talente, vor allem auch deine Energie, deine Liebe zu den Dingen um dich herum.
Heute war ein schwerer Tag für dich, denn du hast zu hören bekommen, dass du zu Weihnachten nicht bei deiner Mutter willkommen bist. Du hattest schon ganz viele Pakete und

Zeichnungen vorbereitet, die unter dem Weihnachtsbaum liegen sollten. Arme, arme Sophie. Du hast vor Wut und Enttäuschung geweint.
Liebes, du hast zum Glück eine große Vitalität. Aus dir wird einmal eine prächtige Frau: stark, vernünftig und sehr lieb.
**Ich hoffe, diese Erfahrung lehrt dich etwas für dein späteres Leben, nämlich niemals auf eine so wahnsinnige Art und Weise mit den Menschen in deiner Umgebung umzugehen.*

Am 8. August 1988 hatte mein Vater diesen letzten Satz noch hinzugefügt. Hatte er damit versucht, meinem Kummer irgendwie doch einen Sinn zu geben?

In diesem Büchlein las ich auch, dass wir im Sommer 1983 zu dritt zum Segeln in den Norden fuhren, nach Harlingen, wo die »Übergabe« dieser Sommerferien stattfinden sollte. Wir konnten plötzlich doch nicht zu unserer Mutter, weil sie unter großer seelischer Anspannung litt. Deswegen seien wir sehr traurig gewesen, aber inzwischen gehe es wieder besser, schrieb mein Vater. Ihm zufolge brauchte ich meine Mutter wirklich, darum fand er es wichtig, dass ich sie regelmäßig besuchen konnte. Zunächst sah es so aus, als würde es zu Weihnachten wieder nicht klappen, aber weil er mit Engelszungen auf sie einredete, war ich schließlich doch noch willkommen.

Ich saß völlig fertig da. Was hatte das damals bei mir angerichtet? Sicher sehr viel Schmerz. Das muss so gewesen sein, aber ich wusste nichts mehr davon. In meinem Kopf herrschte völlige Leere, was das betraf. Wie konnte sie nur? Wie konnte man dem eigenen Kind so etwas antun? Ihm das Gefühl geben, so wenig willkommen zu sein? Was war in ihren Augen verkehrt an mir, um Himmels willen?

Ich spürte, dass ich kurz davor war, in Ohnmacht zu fallen, und mir wurde eiskalt. Wie unerwünscht musste ich mich als Kind gefühlt haben? Und wie sollte ich es verarbeiten, so nachdrücklich und so häufig abgewiesen worden zu sein? Als wäre ich ein Paket, das man an der Tür immer wieder verweigert oder zurückschickt.

Mein Vater schrieb:

Manchmal bist du auf unbestimmte Weise ein wenig unglücklich. Dann sagst du: »Ich will eine eigene Mutter, hier zu Hause.«

Das setzte meinem Vater zu. Er tat ganz ohne Zweifel sein Bestes, aber ich verlangte nach einer Mutter. Das ist auch nur logisch: Ich war ja erst acht! Meine eigene Mutter hatte mich nicht gewollt und die Ersatzmutter nach ihr ebenso wenig.

Außerdem schrieb mein Vater, dass ich ihn oft sehr umsorge. Wenn er abends nach Hause kam, öffnete ich ihm die Schnürsenkel, holte ihm seine Pantoffeln und die Zeitung und küsste ihn begeistert. Es war, als würde ich die Rolle der Mutter selbst übernehmen, weil mir die Mutter fehlte. Das zu lesen war fast unerträglich.

Oder ging es dabei um etwas anderes? Versuchte ich, ihm alles recht zu machen? Hatte ich entsetzliche Angst davor, auch mein Vater würde weggehen? Offensichtlich hielt ich mich auf diese Weise aufrecht.

Mein Vater machte sich Sorgen, und wahrscheinlich wusste er sich keinen Rat, was meinen Kummer betraf. Deshalb freute er sich sehr, als ich in den Sommerferien 1984 auf einem Reiterhof meine erste »Busenfreundin« fand. Er schrieb, es sei, als empfände ich seit dieser Zeit nicht mehr diese unbestimmte Traurigkeit, die mich manchmal überfallen hatte. Die Freundschaft tat mir offensichtlich gut, und das war für meinen Vater eine große Erleichterung.

Im Brief meiner Großmutter von 1984 las ich, dass wir im Laufe des Frühjahrs 1983 die Schule gewechselt hatten, von der Freien an eine »gewöhnliche« Grundschule. Das sei nicht einfach gewesen, schrieb meine Großmutter.

Auf dem Klassenfoto meiner neuen Schule sah ich mich selbst, neben Marsha, die vom ersten Tag an meine beste Freundin war. Ich hatte gelacht und auf den ersten Blick glücklich gewirkt, doch beim Betrachten wurde ich still.

Mein Vater beschrieb, wie ich später – auf der weiterführenden Schule – stundenlang mit meinen Hausaufgaben beschäftigt war, weil ich um jeden Preis gute Noten haben wollte. In der Schule wurde ich dementsprechend oft als »Streberin« bezeichnet.

Lieber Himmel, wie ich mein Bestes getan hatte, um ein vorbildliches Kind zu sein! Um mit allen Mitteln dafür zu sorgen, dass man nichts von dem Elend bemerkte, das mir zugestoßen war. Ich hatte alles professionell verdrängt. Obwohl das natürlich nicht ging. Nicht wirklich.

Ein Blatt fiel aus meinem Lebensbuch. Ich las:

An meine liebe Mama,
wir kommen schon bald wieder, und dann bringe ich mein Ferienspaßbuch mit. Und weißt du was, Mama? Ich habe eine Armbanduhr bekommen, es ist eine Quartzuhr. Sie ist weiß und sehr schön.
Aber ich kenne ein Rähtzel. Was ist rot und bewegt sich hoch und runter? (Antwort:) Eine Tomate in einem Lift.
Aber ich habe noch mehr bekommen, ein Klavier und zwei Paar Socken. Und am Abend sind wir zu McDonald's essen gegangen. Weißt du, Papa hat Cola ohne Koffeihn gekauft. Und wir haben eine neue Babysitterin. Sie ist schon älter, fünfzig Jahre alt, und Tosca hat gesagt, ich kriege ein Donald-Duck-Aboment, und ich habe bei einem Malwettbewerb gewonnen. Und wir fahren mit Tosca in den Freizeitpark.

Offensichtlich war dieser Brief für meine Mutter bestimmt gewesen, hatte es jedoch nie in den Briefkasten geschafft … Und Tosca, die war sehr lieb und passte auf uns auf.

Ab und zu kamen Erinnerungsfetzen. Daran, wie es bei meiner Mutter und ihrem neuen Mann zugegangen war. Zum Beispiel wusste ich noch, dass wir irgendwann aus gesundheitlichen Gründen nur noch kalt duschen durften. Keine Ahnung, ob das lediglich die letzte Minute des Abduschens betraf oder ob das Wasser die ganze Zeit kalt blieb. Der neue Mann meiner Mutter war eine Art »Heiler« und erhielt von oben (von den »kleinen Engeln«, wie er das nannte) Anweisungen, an die man sich halten sollte. Außerdem wurde in diesem Haus »gefastet«, und wenn ich mich richtig erinnere, taten wir das auch.

Ich traf mich mit einer Freundin von früher, mit der ich als

Studentin zusammengewohnt hatte, auf einen Kaffee. Sie erzählte mir, dass ich einmal erwähnt hatte, wir hätten während des Fastens von meiner Mutter eine einzige Wacholderbeere pro Tag bekommen. Das konnte doch nicht wirklich so gewesen sein, oder?

Bei allem mussten zuerst die »lieben kleinen Engel« gefragt werden, ob es auch in Ordnung sei. Ich weiß noch, dass ich damals – mit sieben oder acht – unglaublich gern ein Tagebuch haben wollte, so eines mit einem Schloss. Die Engel waren dagegen, aber ich wollte es unbedingt. Schließlich bekam ich es auch, aber – was jetzt folgt, wird niemanden überraschen – noch am selben Tag war das Schloss kaputt. Als mein Bruder und ich ins nahe gelegene Schwimmbad wollten, was den Engeln nicht recht war, hatte es geschlossen. Das erfüllte mich mit einem seltsamen Respekt vor diesen Engeln.

Aber wie sehr konnte ich mich überhaupt auf meine Erinnerungen verlassen? Ich war noch so jung gewesen und die ganze Phase sehr stressig, es war so viel geschehen, und es hatte sich so vieles verändert.

Ich weiß noch gut – und mit ziemlicher Sicherheit –, dass dort alle immer nur weiße Kleidung tragen durften. Den Grund dafür kenne ich nicht, es war einfach so. Vielleicht war diese Bekleidungsvorschrift dem Mann meiner Mutter auch von den Engeln vermittelt worden.

Ich dachte daran, dass ich selbst jahrelang immer und ausschließlich Schwarz getragen hatte. Schön einfach und praktisch, redete ich mir selbst ein, aber ich denke, ich war eigentlich ziemlich depressiv und Schwarz die einzige Farbe, die zu meiner Stimmung passte.

Die Besuche bei meiner Mutter in Drenthe verliefen immer mühsamer, bis das Ganze im Sommer 1984 völlig eskalierte. Wir riefen Tosca an, die sich zu Hause um uns kümmerte, und ich erzählte ihr, ich hätte Heimweh. Das gefiel dem neuen Mann meiner Mutter nicht, denn Heimweh war nicht erlaubt. Er riss uns das Telefon aus den Händen und wurde sehr wütend. Keiner von uns bemerkte, dass er den Hörer nicht richtig auflegte, und so bekam Tosca alles mit.

Noch am selben Tag bastelten wir aus der Rückseite eines Comichefts einen Umschlag und steckten einen Brief an meinen Vater hinein, in dem wir ihn anflehten, er solle uns abholen kommen.

Wir halten es in diesem Irrenhaus nicht mehr aus!
Herzliche Grüße, Trauerkloß 1 und Trauerkloß 2

Briefmarken hatten wir, glaube ich, noch wegen der Ferienlager in der Woche zuvor (ich war auf dem Reiterhof und mein Bruder Segeln gewesen), aber ich weiß es nicht mehr genau. Als Tosca, die bei uns zu Hause die Pflanzen goss, diesen Brief fand, alarmierte sie meinen Vater. Der segelte gerade auf dem Ijsselmeer. Er kam sofort nach Hause, und am nächsten Tag brachen die beiden in aller Frühe auf, um uns abzuholen.

In Drenthe gab es dann einen schrecklichen Streit. Sogar Schläge wurden ausgeteilt, und die Polizei musste gerufen werden. Wie froh waren wir, von dort wegzukommen! Tosca hatte für uns beide *Lustige Taschenbücher* zum Lesen auf der Heimfahrt mitgenommen. Ich war mir ganz sicher: »Ich werde mich mit jeder Faser meines Körpers weigern, wieder dorthin zurückzugehen.« Das habe ich in einem der Notizbücher meines

Vaters gelesen, in denen er manchmal Dinge über mich aufgeschrieben hat, als ich noch klein war.

Ich wollte nicht mehr zu meiner Mutter. Nie wieder.

Und wenn es nach meinem Vater ging, brauchte ich auch nicht mehr dorthin.

Als ich das jetzt las, kam es mir seltsam vor. Was damals so alles möglich gewesen war! Heutzutage würde man doch das Umgangsrecht regeln. Aber offensichtlich hatte sich meine Mutter damit abgefunden, dass ich nicht mehr kam.

»Essen ist fertig!«

Ich bekam einen Riesenschreck.

Victor rief noch einmal aus der Küche.

»Ich komme!« Noch tief in meine Gedanken versunken stand ich auf. Für heute war es wirklich genug. Ich ging nach unten und setzte mich an den Tisch, neben Anna und Julia.

Victor tat uns auf. Früher hatten wir zu Hause fast nie zusammen gegessen, darum fand ich es so schön, dass wir das als Familie oft taten. Der Kontrast zu der Wirklichkeit auf dem Papier, aus der ich kurz zuvor herausgetreten war, hätte nicht größer sein können. Denn hier, an diesem geselligen Küchentisch, spielte sich mein echtes Leben ab.

3. Kapitel:
Das Projekt

Ich fühlte mich wie gelähmt. All diese Informationsfetzen! Und dann gab es da noch eine ganze Schachtel und außerdem das alte Köfferchen voll mit Karten, Briefen, Fotos, Dokumenten aus der Schulzeit, Zeichnungen … So viele Fragen und keine Antworten. Ich musste das Ganze ordnen.

Plötzlich hatte ich einen Plan: Ich wollte mir Briefkörbe sowie Etiketten für die Jahreszahlen besorgen und dann erst einmal alles nach Jahren sortieren. Was ich brauchte, war Ordnung. So konnte ich hoffentlich erkennen, wo sich die Lücken befanden. Ich musste mich selbst in dem Chaos in meinem Kopf wiederfinden.

Am nächsten Tag – nach einem Einkauf, bei dem ich eine ganze Tüte voller Briefkörbe, Etiketten, Ordner, Stifte und Bleistifte erbeutet hatte – beschloss ich, dass es an der Zeit war, eine Liste der Leute zu erstellen, die mir bei meiner Suche helfen konnten. Auf ein gelbes Memoblatt kritzelte ich sechs Namen:

Hilde und Piet
Philippa
Tosca
Anneke
Maria

Beim Erstellen dieser Liste musste ich schon über mich selbst lachen. Ich kam mir vor wie Uma Thurman in *Kill Bill* von Quentin Tarantino. Natürlich würde ich niemanden »killen«, aber unter dem Vorwand »Wenn ich weiß, was bei mir unter den Teppich gekehrt wurde, kann ich endlich weiterleben« war, meinem Empfinden nach, vieles gestattet.

Bei Hilde und Piet handelte es sich um Freunde meiner Mutter aus der Zeit in Curaçao. Philippa, die jüngere Schwester meiner Mutter, hatte auf uns aufgepasst, nachdem ihre Schwester verschwunden war. Tosca hatte sich regelmäßig um uns gekümmert und alles aus nächster Nähe gesehen und miterlebt. Und dann waren da noch Anneke, meine erste Stiefmutter, und Maria, eine gute Freundin meiner Mutter aus dieser Zeit. Die Gespräche würden nicht einfach werden, das wusste ich, aber jetzt, wo ich die ersten Schritte gemacht hatte, konnte und wollte ich nicht mehr zurück. Hier würde ich den Schlüssel zur Heilung meines Burn-outs finden, jedenfalls hoffte ich das aus tiefster Seele.

Schon in der Woche darauf konnte ich Hilde und Piet besuchen. Die beiden waren inzwischen im Ruhestand und hatten ihr schönes Haus im Van Lennepweg in Den Haag gegen ein nettes Apartment in derselben Straße eingetauscht, erzählte mir Hilde am Telefon. Ihre beiden Töchter lebten schon lange nicht mehr zu Hause, und beiden ging es gut.

Ich war etwas zu früh dran für die Verabredung und blieb noch eine Zeit lang im Auto sitzen, denn ein wenig angespannt war ich schon.

Als meine Mutter gerade weggegangen war, besuchte ich Hilde und Piet oft. Ihre jüngere Tochter Janneke war genauso alt wie ich, und wir verstanden uns gut. Wir pflückten im Garten Minzblätter und machten Bananeneis, indem wir einfach eine Banane ins Gefrierfach legten. Das fand ich ganz wunderbar. Woran würden sich die beiden aus dieser Zeit noch erinnern können?

Pünktlich zur vereinbarten Zeit stieg ich aus dem Auto. Ich klingelte, die Tür öffnete sich, ich ging die Treppe hoch, und da stand Hilde im Türrahmen und wartete auf mich.

»Ach, liebe Sophie, wie schön, dass du da bist. Es ist viel zu lange her.«

Hilde war älter geworden, aber noch ganz eindeutig die liebe Frau, an die ich mich erinnerte. Auch von Piet wurde ich herzlich begrüßt und bekam als Erstes eine Tasse Kaffee. In ihrem neuen Apartment herrschte dieselbe warme Atmosphäre wie in ihrem früheren Haus. Dort standen mehrere Regale voll mit Büchern, überall Blumen, Gemälde, Fotos …

Wir setzten uns an einen Tisch, auf dem Hilde einen kleinen Stapel Fotos bereitgelegt hatte. Hilde und Piet waren nach ihrer Zeit auf Curaçao ebenfalls in die Niederlande zurückgekehrt, bald darauf aber wieder ins Ausland gezogen, zuerst nach Madagaskar und dann nach England, wo sie ein paar Jahre gelebt hatten.

Hilde nahm das oberste Foto vom Stapel. Es zeigte meinen Vater, meinen Bruder und mich. Ich sah mich selbst im dunkelblauen Pulli, eine Kette um den Hals, etwa neun Jahre alt.

»Weißt du noch? Ihr habt uns in England besucht. Das war 1983, und im Jahr darauf kamt ihr wieder.«

Sie zeigte mir die Fotos, und langsam erwachten in mir einige Erinnerungen. Vor meinem geistigen Auge sah ich die Ponys auf der Weide neben ihrem Haus – einem prächtigen, efeubewachsenen Haus mitten auf dem Land. Es gab auch einen Zeltplatz, glaube ich. Eine nette Familie mit einer Mutter, die das Zuhause zu einem gemütlichen Ort machte.

Hilde zeigte mir auch Fotos von einem Nikolausfest und von einem Nikolaus, vor dem ich offensichtlich schreckliche Angst gehabt hatte. Wie alt war ich damals gewesen? Hatte meine Mutter uns schon verlassen? Ich starrte immer wieder auf meinen ängstlichen Blick auf dem Foto.

»Alles in Ordnung?«, erkundigte sich Hilde.

»Ja, entschuldige. Ich war nur kurz mit den Gedanken woanders.«

Es war an der Zeit, zur Sache zu kommen. Ich setzte mich aufrecht hin und fragte sie, woran sie sich im Hinblick auf das Weggehen meiner Mutter noch erinnerte. Meine Stimme zitterte leicht.

Hilde schaute mich mit traurigem Blick an. »Dein Vater hat angerufen und uns erzählt, dass deine Mutter nicht mehr aus Dänemark zurückkommen wolle. Er war völlig am Ende.« Hilde schluckte kurz, betrachtete die Fotos und strich mit der Hand über die Tischdecke. »Keiner von uns konnte das verstehen, gar nicht. Deine Mutter war eine so liebe Frau. Aber sie ist nicht mehr zurückgekommen, und damit musstet ihr umgehen lernen. Du bist einmal in der Woche von der Schule mit zu uns nach Hause gekommen, und dann hast du mit Janneke gespielt. An den Montagabenden habt ihr bei uns gegessen. Ich war immer beim Yoga, und die Väter haben die Spaghetti verteilt. Zum Dank haben wir von deinem Vater einen Weihnachtsbaum bekommen, so ein wunderbares Geschenk«, erzählte sie mit einem Lächeln.

»Ja, dieser Weihnachtsbaum, an den erinnere ich mich noch gut«, meinte Piet, der gerade das Zimmer betrat.

Ich fragte Piet, was er aus dieser ersten Zeit noch wisse. Er starrte kurz in seine Kaffeetasse.

»Es war so traurig«, sagte er dann. »Wenn du bei uns warst, ging es ganz gut, aber sobald jemand anders hereinkam, hast du dich blitzschnell unter dem Tisch oder hinter dem Vorhang versteckt.«

Ich spürte, wie ich ganz steif wurde, und presste den Rücken gegen die Stuhllehne. War das wirklich so gewesen?

Hilde zeigte mir, was meine Mutter für sie gemacht hatte, als sie und Piet nach Madagaskar umgezogen waren. Es war eine Zeichnung mit dem Text:

Auch wenn ihr nicht mehr bei uns wohnt: Wir sehen alle denselben Mond.

»Das fand ich einen so angenehmen, schönen Gedanken«, erzählte Hilde. »Als wären wir irgendwie doch noch zusammen.«

Hilde berichtete über ihre Zeit in Madagaskar und England und davon, wie sie schließlich wieder in die Niederlande zurückgekehrt waren.

»Gibt es noch besondere Dinge, an die du dich bei meiner Mutter erinnerst?«, wollte ich wissen.

Hilde lächelte. »Sie hatte ein unglaubliches Gefühl für Stil. Ob es nun um Kleidung oder um eure Hauseinrichtung ging, alles sah immer ganz großartig aus.« Hilde erzählte vom Blick meiner Mutter für Details und von ihrem Talent, überall eine Atmosphäre der Wärme und Gemütlichkeit zu schaffen. »Ich war sehr beeindruckt von ihr.« Sie schaute mich ein wenig verlegen an. »Du siehst ihr ähnlich, weißt du das?«

Ich spürte wieder, wie mir etwas die Kehle zuschnürte, darum nickte ich nur kurz. Schnell trank ich einen Schluck Wasser, um die Tränen zu unterdrücken.

»Ach, Sophie, ist wirklich alles in Ordnung? Wollen wir für heute vielleicht Schluss machen? Die Fotos kannst du gern mitnehmen.«

Hilde winkte mir nach, als ich wegfuhr, bis wir einander nicht mehr sehen konnten. Genau wie meine Großmutter auch immer gewinkt hatte, bis wir für sie nur noch ein kleiner Punkt in der Ferne gewesen waren – mit beiden Händen, mitten auf der Straße stehend.

Auf dem Heimweg spukte mir ständig dieses eine Bild im Kopf herum: das kleine Mädchen unter dem Tisch oder hinter dem Vorhang. Vielleicht hatte ich damals schon die Scham verspürt, die ich noch immer empfand: Ich war das Kind, dessen Mutter weggelaufen war.

Als ich am späten Nachmittag nach Hause kam, ging ich sofort ins Arbeitszimmer, wo meine Briefkörbe, Ordner und Etiketten schon auf mich warteten. Auf jedes Etikett schrieb ich eine Jahreszahl, angefangen beim Jahr 1974, und auch auf die Körbe klebte ich Etiketten.

In jeden Korb steckte ich einen Ordner, und dort hinein wiederum Briefe und Aufzeichnungen. Die Aussicht, alles zu ordnen, erfüllte mich mit Ruhe, das spürte ich deutlich. Und das war auch dringend nötig, denn Hildes Bemerkung, ich sähe meiner Mutter ähnlich, hatte mich ziemlich aus der Fassung gebracht. Die Fotos, die ich von Hilde bekommen hatte, schob ich eins nach dem anderen in die Ordner für die Jahre 1983 und 1984. Damit war das schon einmal erledigt.

Auf der Suche nach weiteren Aufnahmen aus der Zeit, in der ich oft bei Hilde und Piet gewesen war, öffnete ich einige unserer eigenen Fotoalben. Ich fand ein Foto von mir selbst auf einem großen Pony, das über Hindernisse sprang. Damals musste ich gerade zehn Jahre alt geworden sein. Ich wirkte überhaupt nicht ängstlich, ganz anders als auf dem Bild mit dem Nikolaus. In den Aufzeichnungen meines Vaters hatte ich auch etwas über unsere Zeit in England im Jahr 1984 gelesen, fiel mir wieder ein. Mehr noch: Er hatte ein ganzes Reisetagebuch geschrieben. Das fand ich in dem kleinen schwarzen Büchlein.

20-4-84 MIT DEN KINDERN IN ENGLAND, las ich. Wir waren in diesem Frühling mit der Olau Line nach England gefahren. Unterwegs hatte ich, zusammengerollt im Pyjama, durch das Bullauge nach draußen geschaut und längere Zeit einen gemütlichen »Schwatz« mit meinem Vater gehalten, wie er schrieb. Wir fuhren erst nach Guildford, wo wir bei einer Frau unterkamen, deren Namen ich nicht kannte. Danach wollten wir noch bei anderen guten Freunden meines Vaters übernachten. Anschließend sollte es nach London weitergehen: ins Kaufhaus Harrods und zu Spaziergängen an der Themse. Als weiterer Punkt stand Cambridge auf dem Programm.

Von Hilde und Piet wurden wir gastfreundlich empfangen. Mein Bruder spielte den ganzen Tag Tennis, und ich saß immer auf dem Pony.

Die Töchter von Hilde und Piet wünschten sich, mein Bruder solle mindestens einmal auf ihrem Pony reiten. Als sie ihn erst einmal dazu überredet hatten und er aufsaß, bäumte sich das Tier sofort auf, das weiß ich noch. Mein Bruder flog mit Sattel und allem Drum und Dran von dem Pony, das danach natürlich blitzschnell davongaloppierte. Wie sich herausstellte, hatten wir den Sattelgurt nicht ordentlich festgemacht. Wir konnten gar nicht mehr aufhören zu lachen.

Ich wünschte nur, ich könnte in eine Zeitmaschine steigen und zu diesem Moment zurückkehren.

Es klopfte, und Victor betrat mit einer Tasse Tee das Zimmer.

»Du bist ja gut beschäftigt, Sherlock«, sagte er lachend. »Kommst du denn gleich zum Essen?«

»Hat das noch einen kleinen Moment Zeit? Nur ganz kurz? Langsam bekomme ich Spaß an der Sache.«

Nachdem ich etwa eine Viertelstunde weitergemacht hatte, erhielt ich eine WhatsApp-Nachricht von Hilde. Sie hatte es schön und mutig gefunden, dass ich zu ihr und Piet gekommen war. Und sie richtete mir Grüße von Maurits aus, einem ehemaligen Klassenkameraden, den sie am Abend vor meinem Besuch auf einer Geburtstagsfeier getroffen hatte. *An den hatte ich überhaupt nicht mehr gedacht!*

Maurits und ich waren in der Vorschule eng befreundet gewesen und hatten zusammen einige Streiche ausgeheckt. Mit ihm zusammen hatte ich aus der Wohnung in der Groot Hertoginnelaan Passanten mit Wasser begossen.

Maurits hatte Hilde erzählt, er wisse noch sehr gut, welche Ängste er selbst ausgestanden hatte, nachdem meine Mutter verschwunden war. Er hatte schreckliche Panik gehabt, seine Mutter würde ebenfalls weggehen. Mir war nicht bewusst gewesen, dass das, was meine Mutter getan hatte, auch außerhalb unserer Familie so spürbare Folgen gehabt hatte.

Ich musste an Piets Erzählung denken, und mir wurde klar, dass ich eigentlich mein ganzes Leben hinter diesem Vorhang verbracht hatte. Ich hatte ihn nur durch meine Maske ersetzt, um mich dann dahinter zu verbergen.

Von unten rief Victor: »Liebling, das Essen ist fertig!«

»Ich komme!«, rief ich zurück.

Ich ließ alles stehen und liegen und ging nach unten. Morgen war auch noch ein Tag.

Auf der Liste der Menschen, mit denen ich sprechen wollte, standen noch Tosca, Philippa, Anneke und Maria.

In den Stapeln mit Briefen, Karten, Tagebüchern, Fotos und alten Zeichnungen fand ich eine Kinokarte aus dem Jahr 1982. Damals war ich mit Tosca in *E.T.* gewesen. Meiner Erinnerung nach hatten wir kiloweise Popcorn verschlungen.

Es kostete mich keine große Mühe, sie aufzuspüren. Ich schickte ihr eine E-Mail, in der stand, dass ich mich sehr freuen würde, wenn wir uns verabreden und über Dinge von früher sprechen könnten. Eine Nachricht mit demselben Text schickte ich per WhatsApp an meine Tante Philippa, deren Telefonnummer ich noch hatte.

Auch Anneke zu finden erwies sich als nicht schwierig. Ich hatte ihre Adresse in den ganzen Dokumenten entdeckt, und wie sich herausstellte, war sie seitdem nicht umgezogen. Ich schickte ihr eine Karte mit derselben Frage, die ich meiner Tante und meinem alten Kindermädchen gestellt hatte: Wärst du bereit, mit mir über früher zu sprechen?

Innerhalb ganz kurzer Zeit hatte ich Antworten von den drei Frauen, die für meine Kindheit und Jugend so entscheidend gewesen waren. Philippa meldete sich als Erste über WhatsApp und kündigte an, sie werde mir einen Brief mit ihren Erinnerungen aus dieser Zeit schicken. Obwohl unser Kontakt zu ihr nach dem Weggang meiner Mutter immer ziemlich gut geblieben war, hatte ich mit ihr niemals im Detail darüber gesprochen, dass ihre Schwester ihre Familie verlassen hatte.

Einige Tage nach meiner WhatsApp-Nachricht lag ihr Brief in unserem Kasten. Ich fand ihn, als ich vom Einkaufen zurückkam. Ohne meine Jacke auszuziehen, setzte ich mich zum Lesen auf die Treppe.

Philippa schrieb, sie habe ein paar Wochen bei uns gewohnt, um sich um uns zu kümmern. Das hatte sie früher auch öfter getan, wenn meine Eltern für ein Wochenende weggefahren waren. Sie erinnerte sich daran, wie ich in den ersten Wochen nach der Abreise meiner Mutter oben an der Treppe bei den Schlafzimmern gestanden hatte. Offenbar hatte sie mich gebeten, doch nach unten zu kommen.

Dann hast du ganz laut »Maaaamaaaa!« gebrüllt. Du hast geweint und wolltest auf gar keinen Fall nach unten kommen.

Ich wusste davon überhaupt nichts mehr, aber das zu lesen machte mich sehr traurig.

Sie sehe mich noch dort stehen, in meinem Kleidchen, schrieb sie. Ich sei völlig außer mir gewesen. Philippa hatte sich völlig hilflos gefühlt.

Es zerriss einem das Herz. Deine Mutter war immer so lieb zu dir, zu euch, und sie hat euch so lieb gehabt. Was für ein Kummer, einfach unbeschreiblich.
Es ging mir so ans Herz, aber ich konnte nichts für dich tun, denn von mir wolltest du nichts wissen.

Sie schrieb auch, als wir bei Anneke einziehen sollten, habe mein Vater alle »überflüssigen« Dinge auf einem langen Tisch aufgereiht, um sie zu verkaufen oder notfalls wegzugeben. Annekes Haus sei kleiner als unseres gewesen, deswegen habe er sich von allem trennen wollen, was wir nicht mehr brauchten. Philippa hatte damals eine kleine rote Puppe und ein paar Stoffservietten entdeckt. Das Püppchen hatte meine Mutter damals für mich gemacht, und meine Tante hatte Angst, es würde verschwinden, wenn sie es nicht mitnahm. Sie schrieb, sie habe es immer aufbewahrt. Es habe bei meinen beiden Cousins in der Wiege gelegen, aber sie habe immer im Kopf behalten, dass es eigentlich mir gehöre.

Vor ein paar Jahren hatte sie es mir tatsächlich gegeben, aber damals kannte ich die ganze Geschichte der Puppe noch nicht. Sie musste doch noch irgendwo sein …

Ich ging die Treppe hoch, zog hier und da ein paar Schubladen auf und fand die Puppe. Gerührt hielt ich sie in den Händen. Kaum zu glauben, dass die Hände meiner Mutter diese kleine Puppe für mich gemacht hatten. Ich musste meiner Tante für ihre Voraussicht dankbar sein: Hätte sie die Puppe damals nicht vom Tisch genommen, wäre sie ohne Zweifel verkauft oder an jemanden weitergegeben worden, der wahrscheinlich weniger sorgfältig damit umgegangen wäre.

Kurz darauf bekam ich von Philippa per Post auch noch eine Urlaubskarte mit einem Edelweißsträußchen vorne drauf. Diese Karte stammte aus dem Jahr 1984, dem Jahr, in dem wir, gemeinsam mit meinem Vater und der Norwegerin Inger, in den Sommerferien in die Schweiz gefahren waren. Inger war seine neue Flamme, nachdem die Beziehung zu Anneke in die Brüche gegangen war.

Ich hatte angenehme Erinnerungen an diesen Urlaub: an endlose Wanderungen, viele Bäche, in denen mein Bruder und ich herumplanschten, und Blüten, die in meiner kleinen

Blumenpresse trockneten. An Spiele im Hotelzimmer und viel Spaß im örtlichen Schwimmbad, wo wir – verschrumpelt wie die Rosinen und mit knallroten Chloraugen – erst aus dem Becken kamen, wenn sich der Tag dem Ende zuneigte.

In meiner Mädchenhandschrift hatte ich auf die Edelweißkarte geschrieben, ich hätte außer Schmerzen an den Füßen vom Einlaufen meiner Bergschuhe auch Bauchschmerzen. Das muss etwas mit der Anspannung zu tun gehabt haben, denn kurz zuvor hatte uns mein Vater zum allerletzten Mal bei meiner Mutter abgeholt.

Ich fand einige Fotos von diesen Ferien. Auf einem davon klammerte ich mich wie ein kleiner Affe an Ingers Rücken, als hätte ich nicht vor, sie jemals wieder loszulassen. Bei diesem Anblick hatte ich einen Kloß im Hals. An wem hatte ich mich sonst noch festzuklammern versucht? Zwischendurch, nach Anneke und vor Inger (oder parallel zu dieser Beziehung?), hatte mein Vater auch die Südafrikanerin Ava mit nach Hause gebracht, eine Kollegin. Ich glaubte, sie nett gefunden zu haben, aber ich konnte mich nicht an viele Details erinnern.

Mit Tosca verabredete ich mich in einem Café. Zu Hause hatte ich noch Fotos aus der Zeit gefunden, als wir mit ihr und ihrem Freund in die Ferien gefahren waren. Als sie hereinkam, erkannte ich sie sofort. Obwohl wir uns gut fünfzehn Jahre nicht gesehen hatten, war mir ihr Gesicht noch immer genauso vertraut wie damals.

»Sophie! Das ist lange her, was? Du hast dich wirklich überhaupt nicht verändert.« Sie gab mir sofort drei Wangenküsse.

»Wie schön, dass du dich auch mit mir treffen wolltest. Ich

habe so viele Fragen, und du bist die Einzige, die unsere Familie so direkt erlebt hat. Auch in der Zeit, als meine Mutter noch bei uns war.«

Tosca schaute mich liebevoll an, bestellte sich eine Tasse Tee und begann zu erzählen. Sie war zu uns gekommen, weil meine Eltern in der Bibliothek nebenan einen Zettel aufgehängt hatten, auf dem stand, dass sie jemanden für die Kinderbetreuung suchten. Tosca hatte noch am selben Tag reagiert. Ich war damals etwa drei und sie ungefähr vierzehn Jahre alt gewesen, die Welt noch wunderbar in Ordnung.

»Ich fand es so schön bei euch zu Hause. Geschmackvoll eingerichtet, alles in warmen Farben, und dann dieser Kamin! Deine Eltern waren sehr freundlich, und ihr wart superliebe Kinder.«

Tosca hatte sehr gern auf uns aufgepasst, aber irgendwann hatte sich »etwas« verändert. Sie hatte das Gefühl gehabt, meine Eltern hätten sich voneinander entfremdet.

»Die warme, fröhliche Atmosphäre ist langsam umgeschlagen. Mir kam es so vor, als wäre die Spannung immer weiter angewachsen, aber woran das genau lag … Später haben sich deine Eltern oft ganz laut gestritten, auch wenn ich dabei war. Dann habe ich gehört, wie sie übereinander hergefallen sind, während ich oben mit euch gespielt habe.«

»Worum ging es denn in diesen Auseinandersetzungen?«

»Keine Ahnung, aber manchmal haben sie tagelang kein Wort miteinander gewechselt.«

»Ich wusste überhaupt nicht, dass meine Eltern Probleme hatten«, gestand ich.

Mein Vater hatte es mir gegenüber immer so dargestellt, als wäre gar nichts gewesen und der Weggang meiner Mutter hätte ihn wie ein Blitzschlag aus heiterem Himmel getroffen. Wie seltsam. Warum hatte er nie etwas davon gesagt?

Wir bestellten uns noch etwas zu trinken. Ich fragte Tosca, was sie noch aus der Zeit nach dem Aufbruch meiner Mutter wisse.

»Ich war in einer Art Schockzustand, konnte überhaupt nicht begreifen, dass man so gedankenlos mit euch umging. Ich dachte: Dann gebt sie eben mir, wenn ihr euch nicht gut um sie kümmern könnt oder wollt.«

Tosca tat, was sie konnte, um die Situation für uns ein wenig erträglicher zu machen, aber sie war ja selbst auch noch ein Kind, ungefähr sechzehn. Nach der Schule kam sie so oft, wie es ging, zu uns, damit wir Gesellschaft hatten, und sie unternahm so viel Schönes wie möglich mit uns. Wir gingen in den Zoo, in die Bibliothek oder ins Kino.

»Weißt du noch, damals in *E.T.*?«, fragte ich.

»Ja, natürlich. *E.T.* mit seinen M&Ms!«

Und mit seinem Herzen, das aufleuchtete, wenn er an zu Hause dachte. Er sehnte sich so sehr danach, genau wie ich.

»Und *Annie* haben wir auch zusammen gesehen.«

»Ja«, bestätigte Tosca, »und du musstest so sehr weinen damals, weil du es so schlimm fandest, dass sie keine Eltern mehr hatte und so tapfer gesungen hat, morgen, *tomorrow*, würde alles besser werden.«

Tosca hatte ihr Bestes gegeben, um es uns so schön wie möglich zu machen, erzählte sie mir, doch das sei nicht immer einfach gewesen. Sie konnte sich noch gut daran erinnern, dass mein Vater manchmal sehr böse auf mich wurde und ich dann völlig außer mir war. Ihr zufolge schien es, auch später, als sei der Kontakt zwischen meinem Vater und meinem Bruder einfacher gewesen als der zwischen mir und meinem Vater. Damit hatte sie etwas erfasst: In den Augen meines Vaters machte ich immer aus allem ein Problem, jedenfalls hatte ich das mein ganzes Leben lang so erfahren.

Wir fanden einfach kein Ende. Es war seltsam und gleichzeitig ganz und gar vertraut. Tosca hatte auf uns aufgepasst, aber eigentlich war sie viel mehr für uns gewesen. Ich erinnerte mich daran, dass mein Bruder und ich mit ihr und ihrem Freund in die Ferien gefahren waren, bis ich etwa elf oder zwölf gewesen war: über Frankreich nach Spanien, und auch einmal zum Wintersport nach Österreich. Seltsam, wenn man so darüber nachdenkt, dass mein Vater damals nicht dabei war, aber in dieser Zeit hat mich das überhaupt nicht gewundert.

Tosca hatte mich sogar einmal von einem Skiferienlager abgeholt, das ich 1989 allein besucht hatte. Zu diesem Zeitpunkt war ich zwar schon vierzehn, dennoch: Würde ein Vater nicht gern seine Tochter wiedersehen wollen, nachdem sie eine Woche fort war?

»Ich hatte leckere Brötchen besorgt, außerdem Selleriesalat, extra für dich, weil ich wusste, dass du den so sehr mochtest. An diesem Nachmittag haben wir zusammen *The Sound of Music* geschaut. Du fandest das Musical fantastisch, aber es hat dich auch traurig gemacht. Captain Trapps sieben Kinder hatten auch keine Mutter mehr …«

Ich erkannte das dumpfe Gefühl von damals wieder und erinnerte mich sehr gut daran.

Beim Abschied versprachen wir einander, uns bald wieder zu verabreden.

Die Nummer vier auf meiner Liste war Anneke. Als mein Vater eine Beziehung mit ihr einging, hatte sie selbst gerade ihren Mann verloren, der lange krank gewesen war. Sie selbst hatte auch zwei Kinder, und es war eine ganz schön schwierige Angelegenheit, die beiden zerbrochenen Familien zusammenzufügen.

Der Gedanke an eine Verabredung mit ihr erfüllte mich mit einem gewissen Unbehagen. Anneke war meine erste Stiefmutter gewesen. Zwischen den ganzen Briefen hatte ich einen Zettel gefunden, den sie mir einmal nach einer Tennisstunde in die Tasche gesteckt hatte. Mein Vater und sie hatten sich zu diesem Zeitpunkt schon wieder getrennt.

Wenn ich mich noch richtig an die Version meines Vaters erinnerte, hatte sie ihn danach noch lange Zeit beharrlich verfolgt, weil sie ihn zurückhaben wollte. Mir hatte sie immer wieder Briefe geschickt oder sie mir in die Jackentasche gesteckt, wie nach dieser Tennisstunde.

Liebe Sophie,
ich würde so unglaublich gern Frieden mit dir schließen. Zwischen uns war doch immer alles gut! Kommst du mal vorbei?
Viele liebe Grüße,
Anneke

Beim Lesen beschlich mich, genau wie damals, ein unheimliches Gefühl. Obwohl mein Vater schrieb, dass ich Anneke unbedingt »Mama« hatte nennen wollen, hatte ich immer ein wenig Angst vor ihr gehabt. Nachdem die Beziehung gescheitert war, erhielten wir noch längere Zeit häufig Anrufe von einer unbekannten Nummer. Wenn wir abnahmen, schwieg die Person am anderen Ende der Leitung, und dann legte sie irgendwann auf. Mein Vater behauptete immer, das sei Anneke.

Ich glaubte auch lange, dass ihre Versuche, über diese Zettel mit mir Kontakt aufzunehmen, eigentlich meinem Vater galten: Mit ihm wollte sie wieder Kontakt aufnehmen. Mich hatte sie, meinem Vater zufolge, immer für ein Problemkind gehalten, weil ich ständig Aufmerksamkeit und Bestätigung gesucht hatte. Wenn man sich die Situation vor Augen führt, war das vielleicht auch gar nicht so seltsam, aber Anneke hatte es offenbar völlig verrückt gemacht – und in der Folge auch meinen Vater.

Doch war das wirklich so gewesen? Ich war immerhin beinahe drei Jahre Annekes Stieftochter gewesen. Vielleicht hatte sie ja tatsächlich an mir gehangen?

Soweit ich mich erinnern konnte, hatte ich seit der Trennung keinen Kontakt mehr zu ihr gehabt. Als Antwort auf meine Karte schickte sie mir eine E-Mail:

Liebe, liebe Sophie,
schon zweiunddreißig Jahre warte ich auf diesen Augenblick. Ich wusste ganz bestimmt, du würdest irgendwann wieder Kontakt mit mir aufnehmen. Liebes Mädchen, damals ist so viel passiert! Du warst mein Kind, du nanntest mich Mama. Was für eine schreckliche Basis hast du gehabt.
Wenn du nur wüsstest, wie sehr ich dich geliebt habe, wie meine eigene Tochter. Du hast eine sehr schwierige Kindheit und Jugend gehabt, eine unmenschliche. So egoistische Eltern. Ich habe alles dafür getan, dir Liebe zu schenken, und ich habe gehofft, noch etwas von dem gutmachen zu können, was ich als schädigend empfunden habe.

Ich las weiter. Sie dankte mir für die Karte und überlegte, ob es meiner Gemütsruhe wirklich guttäte, wenn sie mir ehrlich erzählte, was damals alles vor sich gegangen war.

Sofort schickte ich ihr eine Antwort. Dass es mir gut gehe, ich aber wegen früher viele Fragen hätte. Und dass ich sehr gern ihre Geschichte hören wolle, die unzensierte Fassung.

Nach einigen weiteren Mails verabredeten wir uns.

Anneke wohnte, wie bereits erwähnt, noch immer in dem Haus, in dem auch ich fast drei Jahre gelebt hatte. Soweit ich mich erinnern konnte, war ich nie dorthin zurückgekehrt, und ich wusste nicht, was ich erwarten konnte. Weil mir der Gedanke an den Besuch Unbehagen verursachte, hatte ich Victor gebeten, mich zu begleiten, und zum Glück hatte Anneke damit überhaupt kein Problem. Sie freute sich sogar darauf, ihn kennenzulernen.

Als wir auf den Knopf drückten, ertönte die Klingel, laut und schrill. Wir hatten einen Blumenstrauß und die größte Schachtel Merci-Schokolade mitgebracht, die ich hatte auftreiben können. Irgendwie verspürte ich das Bedürfnis, Anneke dafür zu danken, was sie für uns getan hatte.

»Ich finde es so lieb von dir, dass du mit mir gekommen bist«, sagte ich zu Victor, während hinter der Haustür Schritte erklangen.

Victor legte mir den Arm um die Schulter. »Ach komm, bei so etwas lasse ich dich doch nicht allein.«

»Dann brauchen wir nur noch zu hoffen, dass Anneke gern Schokolade isst«, witzelte ich.

Als sich die Tür öffnete, holte ich tief Luft.

»Hallo Sophie, wie schön, dich zu sehen!« Genau wie die Klingel klang Annekes Stimme laut und schrill. War sie genauso nervös wie ich? Annekes Blick richtete sich auf Victor.

»Hallo, ich bin Victor«, sagte er und streckte ihr die Hand hin.

Ich gab ihr drei Wangenküsse, wobei ich nicht wusste, wohin mit den Blumen und der Schokolade, und so blieben wir kurz im Türrahmen stehen.

»Ich freue mich wirklich sehr, dass du dir die Zeit für ein Treffen genommen hast«, fing ich an.

»Ach, wie komisch«, sagte sie. »Deine Stimme klingt ganz anders. Früher hast du immer so laut und schnell gesprochen, so ta-ta-ta-taa! Ja, wirklich, du warst so quirlig und wild.«

Ich erschrak, und mit einem Mal fühlte sich meine Kehle wie zugeschnürt an. Panisch suchte ich Victors Blick, aber er merkte es nicht.

»Kommt herein, kommt herein!«, redete Anneke in herzlichem Ton weiter. »Was wollt ihr denn trinken? Kaffee? Tee? Du bleibst doch auch ein bisschen, Victor?«

Victor schaute mich mit großen Augen an, während wir hinter Anneke nach drinnen gingen. Wie eine Idiotin nickte ich ihm zu, ohne ein Wort zu sagen.

»Ja, ich bleibe gern auf einen Kaffee, danke.«

Erleichtert holte ich Luft. Wir gingen durch die Küche. Die kam mir bekannt und unbekannt zugleich vor. Aus dem Augenwinkel sah ich eine blaue Stoffserviette mit einem aufgestickten rosa Blümchen – gehörte die nicht zu der blauen Tischdecke meiner Mutter von früher? Anneke ging vorneweg ins Wohnzimmer.

»Du liebe Güte, jetzt lass dich mal ansehen.« Aus einigem Abstand musterte sie mich. Ich wusste nicht, wohin mit mir, und stand mit einem leicht dummen Grinsen da. »Kommt, setzt euch schon mal hierher an den Tisch, dann hole ich den Kaffee.«

Wir nahmen Platz, und Victor legte kurz seine Hand auf meine. Anneke betrat das Zimmer mit einem Tablett, auf dem sich auch ein Stapel Fotos befand.

»Fangen wir vielleicht hiermit an?« Fotos von unseren Ferien in den französischen Alpen, auf dem Campingplatz in Frankreich, auf Skiern, beim Segeln in Griechenland. »Weißt du noch, wie die Delfine neben unserem Boot hergeschwommen sind? Das war einfach großartig!«

Anneke erzählte, wie mein Vater und sie sich kennengelernt hatten. Mein Vater hatte sie angerufen, als sie im November 1979 in der Schülerzeitung eine Anzeige mit der Frage aufgegeben hatte, ob im Sommer alleinstehende Eltern mit nach Frankreich zum Camping fahren wollten. Danach hatte er sie erst zum Schulkonzert und dann zum Essen eingeladen, zusammen mit ihren Kindern, bei uns zu Hause. Bereits eine Woche später hatte er sie gefragt, ob sie bei ihm einziehen wolle.

»Das fand ich damals schon ein bisschen schnell.«

Ich traute meinen Ohren kaum. Nach einer Woche zusammenziehen?! Dass da Liebe im Spiel gewesen war, konnte ich mir nicht vorstellen. Vielmehr schien es mir, als hätte mein Vater nach einer praktischen Lösung gesucht, um die Angelegenheiten zu Hause zu organisieren, damit er selbst einfach weiterleben konnte, wie er es gewohnt war.

Oder war es eher eine Verzweiflungstat gewesen, weil er einfach nicht mehr gewusst hatte, wie er alles allein schaffen sollte?

Letzten Endes zogen wir nach diesen Sommerferien 1980

zu dritt bei ihr und ihren zwei Kindern ein statt sie bei uns. Mein Vater bot das Haus, in dem wir mit meiner Mutter gewohnt hatten, einfach auf dem Immobilienmarkt an. Am 31. Dezember 1980 wurde es verkauft.

Nach einer halben Stunde legte mir Victor unter dem Tisch die Hand aufs Bein und verkündete: »Ich muss jetzt leider los.« Offenbar wollte er uns die Gelegenheit geben, noch eine Weile allein miteinander zu sprechen. »Es war etwas ganz Besonderes, Sie kennenzulernen.« Er schaute mich noch kurz ermutigend an. Anneke begleitete ihn nach draußen und verabschiedete sich herzlich von ihm.

Als ich kurz zur Toilette ging, entdeckte ich dort einen alten Geburtstagskalender. Ich konnte es nicht lassen und schaute beim Monat April nach. Und da stand am 7. April: *Sophie*. Plötzlich hatte ich einen Kloß im Hals. Wie viele Geburtstage hatte ich eigentlich in diesem Haus gefeiert? Ich holte tief Luft und gewann meine Fassung zurück.

Als ich Anneke wieder gegenübersaß, schien sie kurz in ihre Gedanken versunken zu sein. Sie wirkte, als müsse auch sie all ihren Mut zusammennehmen.

Dann seufzte sie tief und erzählte mir wie aus dem Nichts: »Als ich dich gerade erst kennengelernt hatte, wolltest du nur bei mir auf dem Schoß liegen und aus einem Fläschchen trinken, als wärst du ein kleines Baby, dabei warst du schon fünf oder sogar fast sechs.«

Daran konnte ich mich nicht erinnern. Auch nicht daran, dass ich – wie sie mir erzählte – den neuen Puppenwagen ihrer Tochter Paula kaputt gemacht hatte. Paula hatte deswegen geweint.

»Wusstest du, dass meine Kinder euch beide ›die Zerstörer‹ genannt haben? Wenn ihr da wart, ging alles kaputt.« Anneke lachte unbehaglich und ein wenig zu laut, dann schaute sie mir direkt in die Augen. »Euch konnte man einfach nicht im Zaum halten, so wild wart ihr.«

Anneke erzählte, dass wir ganz selten einmal für ein Wochenende zu unserer Mutter fuhren, dass die aber fast immer am Abend davor anrief und alles wieder absagte, weil sie »Kopfschmerzen« habe. Dann rief Anneke wiederum an, um ihr mitzuteilen, *sie* habe Kopfschmerzen, und zwar von den Kindern meiner Mutter.

Ich wurde auf meinem Stuhl immer kleiner.

Erst später begriff Anneke, wie sich alles verhielt. Mein Vater war fast immer auf der Arbeit, und an den Wochenenden fuhr er mit Freunden zum Segeln. Anneke erzählte, er habe uns bei ihr »abgeladen« und dann einfach sein eigenes Leben weitergeführt.

»Wie es euch ging, war ihm egal, außer wenn Besuch kam. Dann hob er dich auf seine Schultern und tanzte lachend mit dir durchs Zimmer.«

Das war Anneke damals seltsam vorgekommen. Sie hatte ihn gebeten, mehr Abende zu Hause zu verbringen, damit er mehr Kontakt zu den Kindern habe. Als er im Haushalt hatte helfen sollen, kaufte er sich noch am selben Nachmittag einen Walkman, um beim Abwasch den Lärm der Kinder nicht hören zu müssen. Sie fand das noch immer empörend.

Außerdem hatte er Affären mit anderen Frauen. »Das war wahrscheinlich auch während der Ehe mit deiner Mutter schon so, da gab es eine Frau aus England. Kate oder so?«

Anneke sagte, das habe er ihr damals erzählt. Und auch, dass er und meine Mutter schon eine Zeit lang getrennte Schlafzimmer gehabt und eigentlich schon lange keine normale Beziehung mehr miteinander geführt hatten.

Ich wusste nicht, was ich davon halten sollte. Hatten meine Eltern tatsächlich Beziehungsprobleme gehabt, bevor meine Mutter uns verließ? Tosca hatte auch davon gesprochen. Mein Vater hatte, auch als wir bereits älter waren, nie etwas in dieser Richtung erwähnt.

Und diese englische Frau, was hatte das zu bedeuten?

Mit Anneke hatte mein Vater irgendwann eine Beziehungstherapie angefangen. Nach einem oder zwei Gesprächen hatte er angeblich beschlossen, er brauche diese Therapie nicht, sie hingegen schon. Anschließend war er mit der Therapeutin ins Bett gegangen, berichtete Anneke.

Ich hörte mir ihre Geschichte verblüfft an. Aber es wurde noch verrückter. Im Jahr 1982 hatten sich die beiden getrennt. Anneke zufolge war der Grund gewesen, dass sie ein Kind erwartet und mein Vater von ihr verlangt hatte, sie solle eine Abtreibung machen lassen. Sie wollte das nicht.

»Ich habe sogar deine Mutter angerufen und sie gebeten, deinem Vater das auszureden.« Das war ihr nicht gelungen. »Dein Vater wollte nichts davon wissen.«

Anneke erzählte, sie habe damals zu ihm gesagt: »Wenn das Baby gehen soll, gehst du.«

Sie fand es schrecklich für uns und wollte uns auch nicht auf die Straße setzen, deshalb hatte sie damals ein Haus für uns gesucht und gefunden. In der Timorstraat, die Nummer 11.

Ich konnte das gar nicht fassen. Ich hatte immer geglaubt, wir – die Problemkinder – wären der Grund für den Bruch zwischen den beiden gewesen. Stimmte die Geschichte von dieser

Abtreibung, und hatte Anneke ihn wirklich rausgeschmissen? Kurz wurde es still.

»Ich habe dich geliebt wie meine eigene Tochter.« Anneke schaute mich eindringlich an. »Du hast dich in der Schule immer für Paula eingesetzt, obwohl du jünger und viel kleiner warst als sie. Wie eine Löwin hast du für sie gekämpft.«

Nach ein paar Anfangsschwierigkeiten seien Paula und ich wie Schwestern gewesen, erzählte Anneke. Sie erklärte, es war entsetzlich schwierig für sie, ein Gleichgewicht zu finden. Sie wollte ihren eigenen Kindern die Aufmerksamkeit schenken, die sie benötigten – schließlich hatten sie ihren Vater verloren und brauchten ihre Mutter –, aber wir verlangten auch viel Aufmerksamkeit. Es war ein ständiger Balanceakt, und Anneke lief mit einem nie vergehenden Schuldgefühl herum, weil sie sich fühlte, als würde sie immer irgendjemanden vernachlässigen.

»Deine Eltern hat das nicht gekümmert.« Sie starrte nach draußen. »Ach ja, bevor ich es vergesse, ich habe noch etwas für dich.« Sie ging an einen Schrank im Vorzimmer und holte ein altes Poesiealbum heraus. »Das hat deiner Mutter gehört, aber ich habe es bis heute aufgehoben, weil ich wusste, du würdest zurückkommen.«

»Vielen Dank«, stammelte ich. »Das ist sehr, sehr lieb von dir.«

Zum Abschied gab mir Anneke auch ihre sämtlichen Tagebücher und Briefe aus dieser Zeit mit. »Vielleicht nutzen sie dir etwas.«

Wenig später fuhr ich im Auto nach Hause. Was für ein Morgen! Obwohl wir sehr gut über die Zeit hatten sprechen können, die Anneke als die schwerste in ihrem Leben bezeichnete, tat mir das Ganze unglaublich weh. Ich war traurig um ihretwillen – und um meinetwillen.

Als ich schon fast zu Hause war, fiel mir der Name der Paartherapeutin ein, von der Anneke gesprochen hatte: Lenny. Ich wusste jetzt wieder, dass wir manchmal zu ihr nach Hause gegangen waren, wenn sie eine Party veranstaltet hatte. Sie hatte ebenfalls zwei Kinder, die beiden waren nur wenig älter als wir. Lenny hatte uns auch manchmal in der Timorstraat besucht, daran erinnerte ich mich noch.

Wann war das gewesen? Wann hatte mein Vater mit wem eine Affäre gehabt? Mittlerweile war mir ganz schwindlig von all den verschiedenen Frauen.

Zu Hause ging ich ins Arbeitszimmer. Ich blätterte Annekes Briefe und Tagebücher durch und fand heraus, dass mein Vater nach der Trennung noch jahrelang Kontakt zu ihr gehalten hatte. Und nicht nur das! Sie hatten mehrfach konkret darüber gesprochen, die Familien doch wieder zusammenzuführen. Es hatte sogar ernsthafte Pläne für einen Umzug zu sechst nach England gegeben, und mit der Suche nach einem Haus hatten sie auch schon begonnen. Letzten Endes wurde das Band zwischen ihnen erst 1985 endgültig gekappt.

Ich begriff gar nichts mehr. Mein Vater hatte uns etwas ganz anderes erzählt.

Die Ordner zu den frühen Achtzigern waren in den vergangenen Wochen immer voller geworden. Auch Anneke hatte mir einen Stapel Fotos mitgegeben, und ich sortierte die Bilder sorgfältig.

Ich fand eine Aufnahme, auf der ich zusammen mit meiner besten Freundin aus der Grundschule, Marsha, allerlei Posen ausprobierte, eine schwarze Madonna-Brille auf der Nase. Marsha hatte zu Hause einen Hobbykeller gehabt, in dem wir nach der Schule mit ein paar Klassenkameraden stundenlang Schallplatten gehört hatten: Michael Jackson, Whitney Houston und natürlich Madonna. Nach der Grundschule hatte ich Marsha leider aus den Augen verloren.

Ich fand auch die alte Klassenliste aus den Jahren 1982/1983. Annekes Adresse hatte man durchgestrichen und die neue in der Timorstraat mit Bleistift daruntergeschrieben. Das fand ich ziemlich krass. So einfach war das also offensichtlich gewesen: durchstreichen und fertig.

Nicht lange nach unserem Umzug in die Timorstraat entschied mein Vater, uns mitten im Schuljahr auf eine andere Grundschule zu schicken. Das stand in einem der Briefe meiner Großmutter. Nach allem, was wir wegen der Geschichte mit meiner Mutter und dem Auszug bei Anneke durchgemacht hatten, auch noch ein Schulwechsel? Warum tat er das?

Auf einem meiner Spaziergänge begegnete ich meiner ehemaligen Kindergärtnerin. Wie sich herausstellte, wohnte sie in der Nachbarschaft. Ich fragte, ob sie sich noch daran erinnern könne, dass meine Mutter weggegangen war, woraufhin sie berichtete, sie sei gerade zu dieser Zeit im Mutterschutz gewesen und habe dadurch »die ganzen Ereignisse« verpasst. An meine Mutter konnte sie sich aber erinnern. Die fand sie gut aussehend und ein wenig in sich gekehrt.

»Vielleicht müsste man sie eher als unglücklich beschreiben?«

Sie wusste auch noch, dass wir sehr lebhafte Kinder gewesen

waren. Damals hatte sie den Eindruck gewonnen, meine Mutter habe unsere »Munterkeit« nicht immer gut vertragen.

Ich fragte mich: Hatte meine Mutter womöglich unter Depressionen gelitten?

Von Anneke hatte ich auch Marias Mailadresse bekommen; sie waren zufällig im selben Gartenbauverein und kannten einander außerdem von früher. Maria und meine Mutter waren Freundinnen gewesen; sie hatten einander auf Curaçao kennengelernt. In dem schwarzen Büchlein meiner Mutter hatte ich gelesen, dass Maria manchmal auf uns aufgepasst hatte, wenn meine Mutter etwas für ihre Homöopathie-Lehrveranstaltungen tun musste.

Maria wirkte sehr begeistert, und wir verabredeten uns für den Tag darauf zum Telefonieren. Ich erzählte ihr kurz, wie sich mein Leben bisher entwickelt hatte und dass ich gerade ein Burn-out durchmachte, weshalb mich viele Fragen über früher beschäftigten.

Eine Woche später stand ich mit einem hübschen Blumenstrauß vor Marias Tür. In der Küche stellte sie die Blumen in eine Vase, und danach gingen wir zusammen in den Garten. Es war schönes Wetter. Ihr Mann hatte extra eine leckere Torte für uns zum Kaffee geholt. Die Atmosphäre war freundlich, und es fühlte sich an, als wäre ich herzlich willkommen.

Maria erzählte, sie habe meine Mutter im Mai 1973 auf Curaçao kennengelernt, während eines Wochenendkurses zum Thema »Wie soll mein Leben in fünf Jahren aussehen?«. Sie hatten zusammen eine Übung absolvieren müssen und waren sofort ganz wunderbar miteinander ausgekommen.

Kurze Zeit später waren Maria und ihr Mann in die Niederlande versetzt worden. Meine Mutter war zum Flughafen gekommen und hatte Maria als Abschiedsgeschenk eine selbst gemachte Einkaufstasche überreicht.

»Die habe ich noch Jahre benutzt.«

Als Maria und meine Mutter beide in Den Haag landeten, wurde ihre Freundschaft vertraulicher. Maria bekam einiges aus unserem Familienleben mit. So hatte meine Mutter ihr einmal erzählt, mein Vater fordere von ihr, dass wir schon im Bett liegen sollen, wenn er von der Arbeit nach Hause kam. Er wolle allein mit ihr essen, weil er das für seine Ruhe brauche. Maria hatte es fast nicht glauben können, als sie es damals gehört hatte.

»Aber warum hätte deine Mutter deswegen lügen sollen?« Maria hatte es sehr schlimm gefunden, für uns und für meine Mutter. »Ich glaube, er konnte mit der ganzen Situation einfach nicht umgehen.«

Sie meinte, mein Vater habe sie an einen Schmetterling erinnert, zart und verletzlich, auch wenn das von außen möglicherweise ganz anders ausgesehen habe.

»Ich war fix und fertig, als deine Mutter plötzlich verschwunden war. Sie hatte mir nichts von ihrem Freund oder von ihren Plänen erzählt. Ich glaube, sie hatte Angst, ich würde vielleicht versuchen, sie zurückzuhalten …«

Mir fehlten die Worte.

»Wusstest du, dass ich eine der Ersten war, die dein Vater angerufen hat?« Maria war daraufhin sofort zu uns gekommen und hatte ihn vorgefunden wie ein Häufchen Elend. »Das Ganze war so schrecklich und ich furchtbar traurig.« Maria schaute mich betroffen an. »Ich habe deine Mutter danach nie wieder gesprochen.«

Die neue Adresse meiner Mutter hatte Maria nie von meinem Vater bekommen, und sie hatte auch nicht versucht, sie zu finden. Vielleicht war sie zu verletzt gewesen?

Ich sah, wie ihr Tränen in die Augen traten. »Das war das Seltsamste, was ich jemals erlebt habe.«

4. Kapitel: Frozen in Time

Die Ordner und Körbe wurden in den folgenden Wochen und Monaten immer voller. Mit jedem Puzzleteil und mit jedem Gespräch lernte ich mich selbst ein wenig besser kennen. Ich redete mit alten Jugendfreundinnen, mit ihren Eltern, Tanten, neuen Freundinnen meines Vaters, die längere oder kürzere Zeit – und in mehr oder weniger bedeutsamem Maße –meine »Stiefmütter« gewesen waren. Mehr und mehr gelangte ich zu der Überzeugung, dass meine jungen Jahre eine Aneinanderreihung schmerzlicher Geschehnisse gewesen waren, die mich nun – mehr als drei Jahrzehnte später – zu zerbrechen drohten.

Beim nächsten Termin mit der Betriebsärztin erzählte ich ihr von meiner Suche nach Puzzleteilen. Sie sagte, sie könne gut verstehen, dass ich Antworten finden wolle, und sie ermutigte mich zum Weitermachen, allerdings in ruhigem Tempo.

Jetzt, durch den Blick auf die Puzzleteile meines Lebens, ging mir auf, wie schlimm alles eigentlich gewesen war. So gab es die Geschichte der Sprachlehrerin Ella, die nach verschiedenen romantischen Eskapaden meines Vaters in unserem Leben erschienen war und letzten Endes dreißig Jahre lang seine Partnerin sein sollte. Auf meine Frage, irgendwann Anfang 2015, wie sie die Situation früher erlebt habe, erzählte sie mir, wie sie damals – eigentlich eher unfreiwillig – meine Stiefmutter geworden war. Von allen Frauen, die es gegeben hatte, war ohne Zweifel sie es gewesen, die die Rolle einer Stiefmutter am ehesten erfüllt hatte.

Wegen seiner Beziehung mit der Norwegerin Inger nahm mein Vater Sprachunterricht bei Ella, und je weiter er vorwärtskam, desto deutlicher zeigte sich, dass seine Lehrerin netter war als seine norwegische Freundin. Obwohl er noch lange Kontakt zu Inger hielt, ging er eine Beziehung mit Ella ein.

Sie lebte in Amsterdam und interessierte sich überhaupt nicht für seine Kinder. In den Anfangstagen der Beziehung war unser Kontakt nicht besonders gut. Sie wollte meinen Vater für sich haben, nicht uns auch noch dazu. Als ich ungefähr siebzehn war, sprachen wir allmählich mehr miteinander, und unser Verhältnis verbesserte sich.

Ella war sehr viel jünger als mein Vater und extrem unabhängig. Deshalb behielt sie ihre Wohnung in Amsterdam und war auch oft dort, zusammen mit meinem Vater, oder sie verbrachten Zeit auf seinem Boot. Ich konnte mich nicht daran erinnern, dass sie an den Wochenenden je zu Hause gewesen wären.

Außerdem machten sie oft zusammen Urlaub. Dann fuhren mein Bruder und ich im Sommer drei Wochen mit Tosca in die Ferien, blieben bei Freunden oder eben allein zu Hause.

Insgesamt war mein Vater dreißig Jahre lang mit Ella zusammen. Aber gerade ein paar Monate bevor ich mich auf die Suche nach mir selbst machte, war ihre Beziehung zu Ende gegangen – als hätte das Schicksal seine Hände im Spiel. Mein Vater war bei einer neuen Freundin eingezogen.

Ella kochte nicht gern, das weiß ich noch, und mein Vater auch nicht. Eine Zeit lang kam eine ältere deutsche Dame zum

Kochen zu uns, aber ich erinnere mich vor allem daran, dass ich sehr oft zum Imbiss radelte, um Pommes frites zu holen. In diesen Jahren schaute ich mittags allein zu Hause immer die *Oprah Winfrey Show*. Ich fand die Moderatorin einfach großartig. Im Nachhinein vermute ich, dass diese Show eine Art Therapie für mich darstellte.

Im August 1989 bekamen Ella und mein Vater zusammen einen kleinen Jungen, meinen Halbbruder also. In unserem Gespräch erzählte mir Ella, dass das ein großer Schock für uns gewesen sei. Mein Vater und sie hatten uns auch nicht wirklich in die ganze Sache einbezogen, und als die Geburt anstand, brachte mich mein Vater bei Angehörigen in Frankreich unter, die ich vorher noch nie gesehen hatte. Mein Vater auch nicht, soweit ich weiß. Sehr seltsam …

Gott sei Dank gab es Livia, die mir in diesem Jahr eine echte Stütze war. Livia und ich hatten einander 1985 oder 1986 auf dem Tennisplatz kennengelernt und uns rasch angefreundet. Wir sahen uns ein bisschen ähnlich, allerdings hatte sie strahlend blaue Augen und ich grüne. Nach jeder Tennisstunde zogen wir zusammen um die Häuser, rannten durch ganz Den Haag und aßen überall Pommes frites. Wir waren unzertrennlich und quatschten stundenlang ohne Pause. Wenn wir nicht zusammen waren, setzten wir unsere Unterhaltungen einfach per Telefon fort.

Livia meinte später, sie hätte mich damals als umgänglich, lieb, fröhlich und sozial beschrieben, und schon damals sei ich für sie das personifizierte Motto »Hinfallen, Aufstehen, Weitergehen« gewesen.

»Ich weiß nicht, wie das möglich ist, aber wenn man dich in hundert Stücke schneidet und sie auf der ganzen Welt verstreut, erscheinst du am nächsten Tag einfach wieder als Ganzes«, sagte sie einmal.

Ich besuchte sie auch oft zu Hause. Dort, so hatte ich das Gefühl, gab es die Familie, die ich so sehr vermisste. Ihre Eltern passten ein bisschen auf mich auf.

Ihr Vater konnte sich noch gut an meinen ersten Besuch erinnern. Als ich gehen musste, war es schon dunkel, deswegen begleiteten mich Livias Eltern zu Fuß nach Hause.

»Möchtet ihr noch mit reinkommen und etwas trinken?«, bot ich an.

Das fanden sie eine höfliche, aber auch eine ungewöhnliche Frage für ein elfjähriges Mädchen.

»Vielleicht hast du es auch gefragt, weil du den Gedanken nett fandest und noch nicht allein sein wolltest, denn dein Vater war noch unterwegs.«

Das war bei meinem Vater durchaus häufiger der Fall.

Im Sommer 1988 fuhren er und Ella zwei Wochen zum Segeln. Mein Bruder und ich blieben in Den Haag zurück. Ich war damals vierzehn. Zwar fuhr ich einige Tage mit Livia und ihrer Familie nach Dalfsen, wo sie ein Ferienhäuschen hatten und wir in einem Zelt im Garten schliefen, und das fand ich ganz großartig. Aber als ich heimkam, war unser Haus ein einziges Schlachtfeld, und ich bekam heftigen Streit mit meinem Bruder, der vor dem Fernseher saß – wie immer, wenn er sich denn einmal zu Hause aufhielt. Also stieg ich sofort aufs Rad und fuhr zu Livia. Ich erinnere mich noch, dass ich auf dem Weg zu ihr fast von einem Auto angefahren worden wäre und ganz verweint bei ihr ankam. Das lag zum einen an dem Schreck, zum anderen aber auch an dem Kontrast zwischen dem geselligen Leben in Dalfsen und der Rückkehr in mein eigenes leeres Dasein, denke ich.

Ohne Livia, glaube ich, hätte ich es nicht geschafft. Ich habe noch einen Brief an sie aus dieser Zeit aufgehoben – den habe ich nie abgeschickt. Darin steht, dass ich nicht mehr kann. Der Brief fing so an:

> *Liebe Livia! Alles okay bei dir? Bei mir NICHT! Supergemütlich war das am Samstag, so ganz allein zu Hause. Mensch, wie mir das Spaß macht! GAR NICHT NÄMLICH! Ich will auch eine Mutter, verdammt noch mal! Ich packe das nicht mehr!*

Mein Vater war wieder einmal mit Ella unterwegs, und ich fühlte mich so unglaublich allein. Ich wollte auch eine Mutter, mit der ich mal einen Tag in die Stadt gehen konnte oder die mit einer Tasse Tee auf mich wartete, wenn ich aus der Schule kam.

> *Ich fühle mich manchmal richtig schlimm einsam. Ich gönne dir alles Gute auf der Welt, aber ich bin doch, ehrlich gesagt, ein ganz kleines bisschen eifersüchtig auf dich!*

Ich schrieb, ich könne begreifen, dass ihre überbesorgten Eltern Livia manchmal ganz verrückt machten, aber das sei immer noch besser, als immer allein nach Hause zu kommen. Mein Vater erlaubte mir zwar viel, *aber das gibt einem schon das Gefühl, dass es ihm völlig egal ist, wo man sich rumtreibt.* Ich schrieb auch, ich hätte noch nie ein richtiges Gespräch mit ihm geführt oder wirklich mit ihm geredet. Dass das einfach nicht klappen wolle. Dann fuhr ich fort:

Ich wünschte, ich könnte mal in einer normalen Familie leben, mit Eltern, denen ein bisschen was an mir liegt. Jetzt fahren sie dieses Wochenende weg, und dann bin ich am Samstagabend = Nacht wieder ganz allein!
Livia, ich bin froh, dich als Freundin zu haben, denn sonst würde ich gar nicht mehr klarkommen.
TSCHÜSS, liebe Livia, ich hoffe, du BLEIBST immer meine Freundin. (?)
Sophie! XXX

Und so kam es dann auch. Livia ist noch immer meine Freundin und meine Leitplanke, selbst heute, wo wir beide längst erwachsen sind. Ich verspüre noch immer eine unglaubliche Dankbarkeit dafür, dass sie irgendwann in mein Leben getreten ist. Ihre Nüchternheit und Standfestigkeit gaben mir immer Orientierung und holten mich wieder zurück auf die Erde, wenn ich wieder einmal von meinen Emotionen mitgerissen wurde. Früher habe ich mir in Augenblicken, in denen ich mich sehr allein und unsicher fühlte, nicht selten gewünscht, sie wäre meine große Schwester, in deren Schlepptau ich immer überallhin könnte. Sie war vom allerersten Moment an mein Fels, meine Rettungsboje, mein Alles, und das ist sie noch immer.

Heute kann ich noch mehr als früher erkennen und schätzen, was sie immer für mich – aber auch für so viele andere – getan hat und immer noch tut. Auch wenn sie manchmal anderer Meinung ist als ich oder die Dinge anders sieht: Sie verurteilt mich nie, sondern ist einfach da. Sie hört zu und gibt mir Ratschläge, wenn ich sie darum bitte, lässt mich aber auch meinen eigenen Weg gehen und unterstützt mich dabei, immer.

Früher konnte ich durchaus manchmal unsicher sein, was unsere Freundschaft betraf. Dann fühlte es sich an, als hätte sie nicht so viel an mir wie ich an ihr. Livia sagt, das stimme nicht, sie fand und findet unsere Freundschaft genauso wertvoll wie ich. Ich wünsche jedem Menschen eine solche Freundin oder einen solchen Freund.

In den Frühjahrsferien von 1989 durfte ich dort ins Winterferienlager, wo auch Livia Wintersport betrieb. Vom Skilift aus sah ich sie mit ihrer Familie beim Skifahren. Ich rief ihren Namen, und sie schaute mit einem frohen Gesicht hoch und winkte mir. Ich winkte heftig zurück, und sofort danach erfüllte mich wieder dieses leere, dumpfe Gefühl, das ich so gut kannte.

Für Livia war es ganz ohne Zweifel nicht immer einfach, mich als Freundin zu haben. Sie war eine Art Mutterente für mich, und ich schwamm ihr immer hinterher. Sie kannte immer die Antwort, egal, um welche Frage es ging. Ich hatte keine Ahnung, aber sie wusste Bescheid.

Als ich sie anrief, weil ich fragen wollte, wie sie sich an die Jahre von damals erinnerte, war ihre erste Reaktion, dass wir es immer superschön zusammen gehabt hatten.

»Ständig haben wir telefoniert und uns verabredet, manchmal waren wir fast wie eine einzige Person.« Ihr zufolge war ich oft fröhlich und wollte überall mitmachen. »Und du hast dich viel mehr getraut als ich.«

Sie war erstaunt und traurig über meine Situation zu Hause und fand es unvorstellbar, dass meine Mutter abgehauen war. Manchmal fand sie es schwierig, wenn es sich für sie so anfühlte, als würde ich sie nachahmen, und hin und wieder fühlte sie sich ein wenig vereinnahmt, aber das wog nicht so schwer wie all das Schöne. Außerdem begriff sie gut, dass ich einen Halt suchte, Stabilität und ein Vorbild.

Eine andere wichtige Freundin aus dieser Zeit war Nina. Nina war mit meinem Bruder zusammen, als ich fünfzehn war. Sie war fröhlich, lieb und witzig und ließ mich bei vielen Unternehmungen mitmachen. Sie brachte Leben in die Bude, und wenn sie zu Besuch kam, wurde ich richtig munter. Es bedeutete eine Unterbrechung der Stille und der dämmrigen Atmosphäre, in der ich zu Hause so oft allein saß. Trotz der lauten Streitereien mit meinem Bruder – ich drängelte oft, er solle etwas im Haushalt tun, damit nicht alles mir überlassen blieb – kam ich mit Nina sehr gut aus.

Mein Bruder, der mit unserer Situation zu Hause ja auch irgendwie umgehen musste, lachte mich einfach aus oder provozierte mich so lange, bis ich ausflippte. Das waren grässliche Streitigkeiten, und manchmal fielen wir sogar tatsächlich übereinander her. Es gab niemanden, der dem Einhalt geboten hätte.

Ich bekam Bauchschmerzen, als ich daran zurückdachte. Warum hatte es niemanden gegeben, der uns geholfen hätte? Es mussten doch alle mitbekommen haben, dass etwas im Argen lag? Aber die Leute hatten einfach dagestanden und zugeschaut, während ich in diesem Zustand leben musste. So allein!

Richtig gut verstanden mein Bruder und ich uns vor allem, wenn wir zusammen eine Party organisierten. Dann blieben alle Gäste über Nacht, und am nächsten Morgen räumten wir zusammen auf. Das war schön.

Meinen Bruder hatte es immer eher nach draußen getrieben als mich. Ich war jünger und oft allein zu Hause. Er zog viel mehr herum, hatte viele Freunde und lebte oft buchstäblich auf dem Tennisplatz. Später hörte ich von einer Bekannten, die damals viel mit meinem Bruder zusammen und oft bei uns zu Hause war, sie habe es empfunden, als hätten wir alle drei unser eigenes Leben geführt, getrennt voneinander. Wenn mein Bruder beispielsweise wegging, tat er das einfach, ohne sich zu verabschieden – auch wenn ich zu Hause war. Er sprach nicht mit mir und legte mir auch keinen Zettel hin. Es war, als hätte unsere Familie keine Seele.

Nachdem die Beziehung zwischen Nina und meinem Bruder zu Ende gegangen war, blieben Nina und ich befreundet. Ich besuchte sie oft bei ihren Eltern, und die waren immer lieb und kümmerten sich. Sie wussten, dass es bei uns zu Hause nicht leicht war, und sie versuchten zu helfen, wo es nur ging.

Manchmal sahen Nina und ich uns eine Zeit lang seltener, zum Beispiel als sie zum Studium nach Groningen ging, aber wir blieben immer in Kontakt. Genau wie Livia ist Nina für mich wie eine Familienangehörige – und inzwischen gilt das auch für ihren Mann und ihre Kinder.

1992 absolvierte ich die Schulabschlussprüfung und bestand sie auch. Als ich den entscheidenden Telefonanruf bekam, war ich allein zu Hause. Für meinen Bruder war mein Vater ein Jahr zuvor zusammen mit Ella daheim geblieben, aber bei mir war das Ganze offenbar nicht so spannend, und niemand interessierte sich dafür, ob ich es ebenfalls geschafft hatte. Wenn ich mich richtig erinnere, hat mich mein Vater sogar noch gefragt, ob ich wolle, dass er deswegen zu Hause blieb, aber ich denke, ich habe sein Angebot abgewimmelt. Soweit ich weiß, lief das häufiger so, und hinterher tat es mir dann leid. Ich lehnte etwas ab und fühlte mich schlecht deswegen, und nachher nahm ich es meinem Vater übel, dass er sich nicht mehr bemüht hatte. Warum sagte ich nicht einfach, dass es mir gefallen würde, wenn er mit mir zusammen wartete? Oder lag das nur an meinem Trotz?

Wenn mein Vater und ich dann endlich doch einmal etwas abgesprochen hatten, lief es häufig doch anders als geplant. Dann versprach er, er werde zu einer gewissen Zeit zu Hause sein, kam aber nicht oder erschien viel später als ausgemacht. Mir machte das zu schaffen, aber wenn ich es zur Sprache brachte, reagierte er empört und meinte, ich solle nicht so unflexibel sein und nicht so übertreiben. Jetzt sei er doch schließlich da?!

Trotzdem hoffte ich immer weiter, er würde sich beim nächsten Mal doch an unsere Absprache halten. War es einfacher, zu hoffen und enttäuscht zu werden, als zu akzeptieren, dass er sich nicht an unsere Vereinbarungen hielt und das ganz normal zu finden schien?

An einen Vorfall kann ich mich noch besonders gut erinnern. Ich war ungefähr dreizehn und hatte ihn extra bei der Arbeit angerufen, weil ich wissen wollte, ob es ihm gefallen würde, wenn ich Lasagne zum Abendessen kochte. Das fand er eine gute Idee, also machte ich mich an die Arbeit. Einkaufen, kochen. Als die Lasagne beinahe fertig war, den Tisch hatte ich schon gedeckt, klingelte das Telefon.

»Hallo Sop, ist es in Ordnung, wenn ich heute Abend doch bei Ella in Amsterdam esse?«

Mein Bruder blieb nach der Abschlussprüfung zu Hause hängen, aber ich wollte so schnell wie möglich weg. Ich fand rasch ein Zimmer um die Ecke von dem Café, in dem ich arbeitete. Ich fing an zu studieren (Jura, genau wie Livia) und hatte einen Freund, der nicht der Richtige für mich war: einen Musiker mit Bindungsangst, der mit sich selbst überhaupt nicht zurechtkam. Nicht gerade die beste Kombination. Es machte mich ganz wahnsinnig … und depressiv. Hin und wieder versank ich völlig in der Situation. Irgendwann schluckte ich sogar Pillen gegen diese »scheißdepressiven Phasen« – allerdings nur Vitaminpräparate, damit ich gesund blieb, denn Antidepressiva fand ich unheimlich. Dabei wären die im Rückblick vielleicht sogar besser gewesen.

Der Tiefpunkt der Beziehung war am Silvesterabend 1992 erreicht, während meines ersten Studienjahrs. Ich sollte mit meinem Freund auf ein Fest gehen, wo er einen Auftritt hatte, aber im letzten Augenblick durfte ich doch nicht mit. Warum eigentlich nicht? Ich hoffte einfach immer weiter, irgendwann würde er mich doch lieben, wenn ich nur …

Schließlich endete die Beziehung mit einem großen Knall. Warum um Himmels willen ließ ich mich so behandeln?

Ich kann mich erinnern, dass ich in dieser Zeit einmal draußen herumlief, einsam und in düsterer Stimmung, und mich jemand Fremdes einfach anlächelte. Diese kleine Geste war für mich etwas so unglaublich Großes. Es fühlte sich plötzlich an, als gäbe es mich wirklich. In diesem Moment war es ein Lichtblick und schenkte mir den Mut, die Schultern wieder zu straffen und weiterzumachen. Ich werde das nie vergessen und bin diesem lächelnden Menschen immer noch dankbar. Ich weiß nicht, ob ich sonst noch hier wäre.

Ich blätterte in einem meiner Tagebücher aus der Zeit, in der ich gerade in eine eigene Wohnung gezogen war. Anfang 1993 hatte ich geschrieben, dass ich meiner Mutter eigentlich ver-

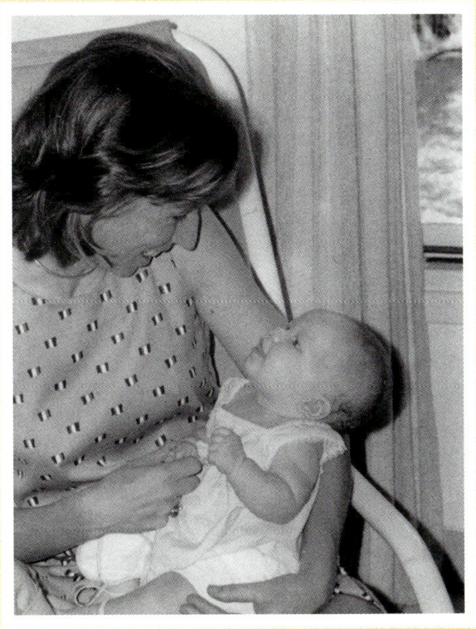

oben und unten:
Mein Start ins Leben war so liebevoll, wie man es sich nur wünschen kann, meine Mutter die beste Mutter auf der Welt.

Ich war so unbe-
schwert, ein wildes,
fröhliches Kind.

Meine Mutter im
Garten in Curaçao
neben der Krippe,
die sie für uns
gemacht hat.

Unser Haus, in dem wir zu viert lebten, und aus dem meine Mutter einfach so verschwand.

Meine geliebte Großmutter, die mir von Anfang an Halt gab.

Der wunderschöne
Garten meiner
Großmutter.

Backen mit Mama
– wir hatten so viel
Normalität, wie konn-
te sie das aufgeben?

Wenn ich dieses Foto sehe, frage ich mich immer, wie ich mich gefühlt habe, mutterlos, so oft allein? Vielleicht habe ich hier schon angefangen, meine Gefühle tief zu verbergen.

Einsamkeit und Verunsicherung konnte ich am besten beim Reiten vergessen.

Dieses Foto war jahrelang auf dem beliebten Calvé Pindakaas abgebildet.

Nie habe ich mir etwas anmerken lassen.

Auch wenn es eine schwierige Zeit war: Ich bin froh, dass mir Burn-out und Depression endlich die Augen geöffnet haben und ich mich meinem Trauma stellen konnte.

Meine beiden süßen, hübschen, wunderbaren Töchter.

Die Veröffentlichung meines Buches ist der unglaubliche Schlusspunkt, den ich (vorerst) hinter die Überwindung meines Traumas setze. Ich bin einfach glücklich.

geben wollte, was geschehen war, dass ich jedoch manchmal einen Rückschlag erlebte und dann wieder unglaublich böse auf sie wurde. Ich schrieb, wenn ich später selbst Kinder hätte, würde ich wirklich versuchen wollen, immer für sie da zu sein. Ich gelobte feierlich, ich würde mich für dieses Ziel auf jeden Fall mit allen Kräften einsetzen.

Das schien mir in diesem Moment die schwierigste Aufgabe des ganzen Lebens zu sein: Kinder großzuziehen. Die Vorstellung, für ein so kleines Lebewesen verantwortlich zu sein. Und der Gedanke, dass Kinder immer glauben, man weiß alles, vor allem wenn sie noch klein sind.

Ich war also Studentin in Leiden, aber ich wohnte weiterhin in Den Haag. Ich arbeitete in kleinen Restaurants, Cafés, Hotels als Messehostess und hatte auch hier und da einen Job als Model. Wenn ich nur schön viel zu tun hatte, dann lief es gut.

»Ist das nicht ein bisschen viel, Sophie, diese ganzen Jobs und dann noch ein Studium?«, fragte mich meine Tante Valentina immer wieder.

Ich wischte diese Bedenken weg. »Nein, wirklich, mir geht es prima damit.«

Meine liebe Tante Valentina. Ich fragte mich oft: Warum nur kann sie nicht meine Mutter sein? Als junge Frau war sie viel gereist und schließlich in Italien gelandet, wo sie sich verliebte und blieb. Während meiner Studienzeit besuchte ich sie mehrmals in Mailand, wo sie eine kleine Boutique namens *Boîte de Couture* führte. Hin und wieder versuchte sie vorsichtig herauszufinden, ob nicht doch ein gewisser Kontakt zwischen meiner Mutter und mir möglich wäre. Ich begriff, dass sie es gut meinte, wollte jedoch nichts davon wissen.

Irgendwann während dieser Phase rief mich meine Mutter plötzlich aus heiterem Himmel an. Meine Großmutter hatte ihr meine Nummer gegeben. Zum ersten Mal seit dem großen Streit von 1984, der in eine Prügelei ausgeartet war, sprach ich wieder mit ihr. Mit ihrem Anruf überfiel sie mich völlig.

Irgendwann hörte ich, wie sie sagte: »Wusstest du denn nicht, dass dein Vater dich bei mir abladen wollte?«

Das war für mich der Tropfen, der das Fass zum Überlaufen brachte. Erst rief sie einfach so aus dem Nichts heraus und ohne Grund an, und jetzt gab sie auch noch das unschuldige Opfer?

Ich schrie, sie solle mich nie wieder anrufen, und warf den Hörer auf die Gabel. Auch wenn das Band zu meinem Vater alles andere als großartig war, so hatte er mir doch zumindest ein Dach über dem Kopf und etwas zu essen gegeben. Das konnte ich von ihr nicht behaupten. Ich wollte nichts mehr mit ihr zu tun haben – und vorerst auch nicht mehr mit meiner Großmutter. Ich hatte ihr vertraut, aber sie hatte meine Nummer einfach an meine Mutter weitergegeben!

Nur wenig später zogen mein Vater und Ella zusammen. Ich erinnere mich an dieses eine Mal, als ich sie zum Essen besuchte und dort eine eisige Atmosphäre herrschte. Erst hinterher begriff ich, warum.

1994 teilte mir mein Vater mit, er habe außer Ella noch eine weitere Freundin. Denn nun, so sagte er, sei »seine Zeit« angebrochen.

Ich war verblüfft. Wie konnte er Ella das nur antun? Letzten Endes entschied er sich aber doch für sie, und sie zogen kurz darauf nach Norwegen und heirateten.

Jahre später erfuhr ich von »dieser anderen Frau«, von der sich herausstellte, dass ich sie um ein paar Ecken herum kannte, er habe mit ihr zusammen sein wollen, sie den Leuten sogar als »seine neue Frau« vorgestellt.

Meinem Vater zufolge hatte er mit meiner Mutter eine offene Ehe geführt und sich schrecklich von meiner Mutter »hereingelegt« gefühlt, als sie »einfach so« die Kinder bei ihm zurückgelassen hatte. Den Begriff »hereingelegt« hatte sie nie vergessen können, weil sie diesen Ausdruck in dem Zusammenhang so seltsam fand.

Ich spürte einen Knoten im Bauch. Waren wir denn eine so große Last gewesen? Das fühlte sich so lieblos an. Ich dachte an meine eigenen Kinder und begriff gar nichts mehr.

Dass mein Vater für Kinder nicht gerade viel übrighatte, wurde auch später deutlich, wenn er und Ella hin und wieder zu Besuch in die Niederlande kamen. Dann war es immer Ella, die etwas Schönes mit mir und den Mädchen unternahm, einen Teewärmer, eine Patchworkdecke oder Armbänder bastelte. Mein Vater erledigte währenddessen irgendwelche Arbeiten im Haus, saß an seinem Laptop und machte immer »Nickerchen«, während Ella die Rolle der Oma übernahm.

Ich gehe davon aus, dass sich mein Vater keines Fehlverhaltens bewusst war und sich selbst sowohl für einen guten Opa (allerdings wollte er so nicht genannt werden, denn dann fühlte er sich »so alt«) als auch für einen guten Vater hielt – auch in Bezug auf meinen 1989 geborenen Halbbruder. Ich war nicht mit dem Jungen zusammen aufgewachsen, und weil mein Vater und Ella irgendwann nach Norwegen zogen, sahen wir einander nur selten, weswegen ich leider auch nie ein richtiges Geschwisterband zu ihm knüpfen konnte. Doch sporadisch haben wir Kontakt zueinander, und aus ihm ist ein netter Kerl geworden.

Nach dem Vorfall mit der Telefonnummer habe ich mich nie richtig mit meiner Großmutter versöhnt, und dann war sie plötzlich nicht mehr da. Meine liebe Großmutter mit ihren dicken braunen Butterbroten mit Emmentaler drauf! Ihr prächtiger Garten mit der Aussicht auf das angrenzende Weideland mit den Kühen! Ihr herrlicher Apfelkuchen und ihre legendäre Erbsensuppe! Der Kontakt zu ihr hatte im Laufe meiner Teenagerjahre stark abgenommen. Danach hatte es hin und wieder noch einen Austausch gegeben, auch während meiner Studienzeit, bis sie meine Telefonnummer an ihre Tochter – meine Mutter – weitergegeben hatte, ohne mich vorher um Erlaubnis zu fragen. Das nahm ich ihr entsetzlich übel.

Trotzdem hatte ich sie noch im Krankenhaus besuchen wollen, mich dann jedoch vor der Konfrontation mit meiner Mutter gescheut. Hätte ich mich nur für meine böse Reaktion von damals entschuldigen können! Sie hatte es doch bestimmt nur gut gemeint?! Außerdem hätte ich ihr so gern Danke gesagt. Danke für alles, was sie während dieser ganzen Jahre für mich getan hatte.

Als ich an ihren Tod dachte, schoss mir der Gedanke durch den Kopf, dass auch meine Mutter nicht ewig leben würde. Bedeutete das nicht, dass ich jetzt handeln musste – bevor es zu spät war?

Ich schob den Gedanken sofort beiseite, denn das war eine Richtung, die ich nicht einschlagen wollte. Ich *konnte* sie noch nicht einschlagen.

Einige Tage später sprach ich mit Anna über die Mutter einer ihrer Freundinnen, die ein halbes Jahr zuvor verstorben war.

»Ich finde es so schrecklich schlimm für sie und ihre Schwestern, dass sie jetzt für immer ohne ihre Mutter leben müssen«, sagte sie. »*Du* hast deine Mutter wenigstens noch, für meine Freundin ist das Ganze endgültig.«

Autsch. Ich erwiderte, ich könne begreifen, was sie damit meint, doch diese Mädchen wüssten jedenfalls, dass ihre Mutter sie unendlich geliebt hatte und es ihr unglaublich wichtig gewesen war, sie aufwachsen zu sehen.

Meine Mutter gab es noch, das war eine Tatsache, aber ich war wegen ihres Verrats immer noch so unglaublich böse. Sollte ich sie denn wieder in die Arme schließen, nur weil sie wenigstens noch lebte? Das konnte ich nicht!

Ich begriff sehr gut, dass Leute, deren Mutter verstorben war, wiederum mich nicht verstanden, weil sie alles darum geben würden, wenn ihre eigene Mutter noch am Leben wäre. Dann wollte ich ausrufen: »Ja, aber eure Mutter wollte nicht aus eigenem Antrieb weggehen, meine wollte mich einfach nicht mehr!« Doch das traute ich mich nicht zu sagen.

Ich machte meinen Studienabschluss. Jura hatte mir nicht gefallen, aber abzubrechen war keine Option gewesen, und deswegen hatte ich – quasi auf Autopilot – wie eine Besessene alles erledigt. Dann konnte ich das zumindest abhaken.

Schon sehr lange Zeit hatte ich keinen Kontakt mit meinem Vater gehabt, dennoch fühlte ich mich verpflichtet, ihn zur Feier meines Studienabschlusses einzuladen. Ohne mein Wissen holte er verschiedene Leute dazu und erzählte allen, wie unglaublich stolz er sei.

Was für ein bizarres und peinliches Theaterstück das war! Warum musste es immer nur um ihn gehen? Und gleichzeitig: Warum konnte ich nicht bloß einmal froh sein, wenn er ganz einfach stolz auf mich war? *Konnte* ich mich überhaupt normal verhalten, zufrieden sein?

Ich war gerade zweiundzwanzig geworden, und zusammen mit Ninas Vater dachte ich über meinen nächsten Schritt nach. Er half mir beim Erstellen eines Lebenslaufs und beim Verfassen der Anschreiben.

Letzten Endes landete ich bei einem Kreditkontrollunternehmen mit dazugehöriger Leasingbank. Wie selbstbewusst mich mein VW Polo machte! Ich raste durch das ganze Land und fühlte mich wie »eine Frau von Welt«.

Nach einem Jahr beriet ich mich mit Livias Vater. Diese ganzen weisen Väter! Wenn ich noch etwas mit meinem Studium anfangen wolle, so vermittelte er mir, dürfe ich damit nicht mehr allzu lange warten.

Also entschied ich mich, eine Ausbildung zur Rechtsanwältin zu machen. Danach würde ich dann weitersehen. Jetzt hatte ich jedenfalls wieder ein Projekt, auf das ich mich stützen konnte.

Ich wurde in einer renommierten Anwaltskanzlei angestellt. Du lieber Himmel, wie sehr fühlte ich mich da als Außenseiterin! Allerdings sah ich aus wie eine von »ihnen« und hätte rein äußerlich ohne Weiteres als Mädchen in einer Verbindung durchgehen können, entsprechend lautete eine der ersten Fragen an mich: »Wie hieß denn Ihre Gruppe?«

Nun, ich hatte keiner angehört, war nur für die Pflichtveranstaltungen nach Leiden gefahren und hatte ansonsten gearbeitet, um an Geld zu kommen. Nach außen hin glich ich also einem Mädchen aus einer Verbindung, aber der dazugehörende Inhalt war nicht vorhanden. Nicht nur auf juristischem Gebiet hatte ich das Gefühl, mir würden Fertigkeiten fehlen, auch was die sozialen Kontakte betraf, fühlte ich mich häufig verloren.

Die Zeit bei den Rechtsanwälten überstand ich als Kettenraucherin zwischen den Akten in meinem Zimmer. Neben meinem zumeist vollen Aschenbecher stand zuverlässig der Stoff meiner anderen Sucht: eine große Flasche Cola light. Ich erinnere mich vor allem daran, dass ich mit allen Kräften mein Bestes tat, weil ich unglaubliche Angst davor hatte, »man« würde herausfinden, dass ich überhaupt nichts konnte. Dieser Gedanke lähmte mich manchmal so sehr, dass ich überhaupt nichts mehr erledigen konnte, wodurch die Angst davor, »entlarvt« und als völlig wertlos erkannt zu werden, sich nur noch steigerte.

Nachdem ich die Ausbildung zur Rechtsanwältin erfolgreich absolviert und einige Jahre auf diesem Gebiet gearbeitet hatte, wollte ich eine bessere Balance zwischen Arbeit und Privatleben herstellen. Inzwischen gab es Victor in meinem Leben, und darüber hinaus war ich schwanger. Ich entschied mich für den Schritt in Richtung des öffentlichen Dienstes. Beim Abschied von der Anwaltskanzlei hielt man eine Lobrede auf mich, und meine Kolleginnen und Kollegen waren aufrichtig betrübt darüber, dass ich sie verließ. Das entsprach in gar keiner Weise meinem Selbstbild als Außenseiterin und völlig Unfähige. Diese Unsicherheit hatte mir immer wieder eingeflüstert, ich hätte überhaupt keine Ahnung und gehörte nicht dazu. Davon war ich felsenfest überzeugt gewesen, aber jetzt sah es so aus, als stimmte das überhaupt nicht?

Eine bizarre Erfahrung für mich, und eigentlich wollte ich es immer noch nicht so recht glauben. Vermutlich erreichte die Erkenntnis einfach nicht mein Gehirn. Es sah ganz so aus, als passte dieses Programm – dass es Leute gab, die zufrieden mit mir waren – nicht auf meine »Festplatte«, als könnte mein System es nicht erkennen und schon gar nicht herunterladen.

Ich hatte Victor über May kennengelernt, eine Freundin, die ganz verrückt nach alten Autos war und mit der ich manchmal an klassischen Autorallyes teilnahm.

Eines Tages lud sie mich ein, ich solle mir mit ihr zusammen einen alten Sportwagen anschauen – und da stand Victor. Er verkaufte das Auto für den Eigentümer.

»Was halten Sie davon?«, fragte er mich.

»Die Farbe gefällt mir.«

Am liebsten wäre ich im Erdboden versunken. Was für eine völlig bescheuerte Bemerkung! Ich wurde knallrot.

Am nächsten Tag fragte Victor May nach meiner Telefonnummer. Wir gingen zusammen essen, und einige Tage später stand er mit einer vollen Einkaufstasche vor der Tür, weil er für mich kochen wollte. Ich wusste gar nicht, wie mir geschah. Das hatte noch nie jemand für mich getan.

Wir hatten jetzt eine Beziehung, und einige Monate später zog ich bei ihm ein, in seine Wohnung in Oegstgeest.

Ich freute mich riesig, als ich – mit siebenundzwanzig Jahren – schwanger wurde. Endlich eine eigene Familie! Nun würde alles anders werden. Es fühlte sich an wie ein Neuanfang.

Kurz vor dem errechneten Termin zogen wir nach Den Haag. Am 4. April 2002 kam Anna zur Welt. Mit Blaulicht und Sirene wurde ich für einen Notkaiserschnitt ins Krankenhaus gefahren, aber als meine kleine Tochter erst einmal da war, überspülte mich eine Welle des Glücks. Ich wollte alles, einfach alles für sie tun, damit sie ein gutes, glückliches Leben führen konnte. Ein besseres Leben als meins.

Ich weiß noch, dass meine Tante Valentina mich besuchte und ich mich unglaublich freute, sie zu sehen. Gerührt hielt sie Anna in den Armen, ganz vorsichtig, als wäre sie eine zerbrechliche Puppe. Meinen Geburtstag feierten wir im Krankenhaus – mit einem festlichen Papphütchen, mit Luftschlangen und Schokoladentorte. Am nächsten Tag durften wir nach Hause. Unser neues Leben hatte begonnen.

Als wir erst einmal wieder zu Hause waren, drehte sich alles um unser liebes kleines Mädchen. Durch den Kaiserschnitt wollte der Milchfluss nicht so richtig in Gang kommen, dabei wollte ich meinem Kind am allerliebsten die Brust geben, weil ich überall gelesen hatte, das sei das Beste. Dafür hatte also alles andere hintenanzustehen. Ich musste unzählige Male abpumpen und dann Anna die Milch mit einer Pipette einflößen, denn wenn sie ein Fläschchen bekäme, »würde sie danach nie mehr an die Brust wollen«. Eine unglaubliche Quälerei, aber es klappte.

Ansonsten schlief ich kaum, weil Anna gut zehnmal pro Nacht aufwachte. Ihr Bettchen hatten wir von meiner Tante Valentina leihen dürfen, und das empfand ich als besonders schön und bedeutungsvoll, weil es sich doch um ein Stück aus der Familie handelte. Anna schlief gern mit meinem Finger in ihrer kleinen Faust ein, also lag ich häufig stundenlang neben ihrem Bettchen und streckte den Arm über den Rand. Zu duschen traute ich mich kaum, denn dann könnte ich sie nicht trösten, wenn sie weinte.

Insgesamt war ich fast den ganzen Tag beschäftigt, doch ich tat es mit aller Liebe und Hingabe, die ich in mir trug. Ich genoss das Leben in unserem warmen Nest in vollen Zügen.

Livia erzählte mir später, dass unsere liebe Haushaltshilfe Annie, die auch zu ihr nach Hause kam, sie einmal besorgt gefragt hatte, ob es mir denn auch gut gehe, weil die Vorhänge auch tagsüber zugezogen blieben. Ich hatte das nicht einmal bemerkt.

Als ich nach meinem Mutterschaftsurlaub wieder einige Tage pro Woche arbeiten ging, kämpfte ich ständig mit Schuldgefühlen. Ich wollte eigentlich bei Anna sein, aber ich hatte auch den Anspruch an mich, arbeiten zu müssen, denn das taten schließlich alle, oder? Ich fand es schon damals schwierig, sämtliche Bälle gleichzeitig in der Luft zu halten.

Zwei Jahre später – am 23. April 2004 – kam Julia auf die Welt, ebenfalls per Kaiserschnitt. Die Gynäkologin, die ihr auf die Welt half, war während der Geburt unglaublich lieb und verständnisvoll, sprach leise, beruhigende Worte. Das fühlte sich so warm, so mütterlich an. Jetzt erst begriff ich auch, wie sehr ich meine Mutter vermisst hatte: während meiner Schwangerschaften, bei der Geburt und auch danach. Und wie groß dieser Verlust eigentlich war.

Ungefähr im Jahr 2005 bekam mein Bruder wieder Kontakt zu meiner Mutter. Irgendwann fing ich an zu überlegen, ob sie vielleicht auch eine Oma für unsere Töchter sein könnte, und fragte meinen Bruder, ob ich sie bei ihrem nächsten Besuch bei ihm vom Bahnhof abholen dürfe, damit wir miteinander reden könnten.

Gesagt, getan. Von meinem Bruder erfuhr ich, wann sie an diesem Tag ankommen würde. Am Abend bevor ich meine Mutter – nach einundzwanzig Jahren – wiedersehen sollte, schrieb ich Anna und Julia einen Brief über alles, was damals geschehen war.

Am verrücktesten finde ich, dass sie mich nur fünf Jahre meines Lebens wirklich gekannt hat und mich also eigentlich gar nicht kennt. Andersherum gilt dasselbe: Wer ist das, meine Mutter? Und verdient nicht jeder eine zweite Chance? Nehme ich euch sonst nicht eine Oma weg?

Am nächsten Morgen sollte ich sie abholen, an derselben Stelle, an der ich ihr im Jahr 1979 vom Auto aus zum letzten Mal nachgewinkt hatte: am Hauptbahnhof von Den Haag.

Wir hatten verabredet, dass ich auf dem Parkplatz am Auto auf sie warten würde. Ich hatte mich viel zu früh auf den Weg gemacht und spürte, wie angespannt ich war, schob das Gefühl jedoch sofort weg. Hopp, schnell meine Maske. Ich würde das schaffen.

Es dauerte eine Weile, und ich suchte immer wieder die Umgebung nach ihr ab, wusste jedoch nicht mehr genau, wie sie aussah, deswegen war das mit dem Suchen so eine Sache. Irgendwann bemerkte ich, wie mir jemand zuwinkte, und erst als sie näher kam, erkannte ich sie. Dass ich neun Monate in ihrem Bauch gewesen war, erschien mir plötzlich ein ganz seltsamer Gedanke.

Und dann stand sie vor mir. Ihr Haar war inzwischen grau – schön grau – und fiel ihr ein Stück über die Schultern, ein bisschen wie meine Frisur. Vorher hatte ich mich gefragt: Ob ich wohl etwas von mir selbst in ihr wiedererkennen würde? Würde ich mich ihr in die Arme werfen, sie festhalten und nie wieder loslassen?

Doch als ich sie sah, spürte ich gar nichts. Ich weiß, das klingt seltsam. Mein Kopf sagte mir, dass das da vor mir meine Mutter war, und ich wusste auch, dass sie für mich gesorgt hatte, wie eine Mutter das tut, bevor sie wegging. Aber in diesem Moment, dort auf diesem Parkplatz, fühlte ich gar nichts. Überhaupt nichts. Es war, als wäre mein Herz aus Stein.

Wir schauten einander an, und es war, als stünde in diesem Augenblick die Zeit still. Und dann, blitzschnell, tat ich das, was ich immer tat: auf Autopilot umschalten und weitermachen. Also begrüßte ich sie freundlich – wie es sich gehörte und als wäre es die normalste Sache der Welt. Was wir zueinander gesagt haben, weiß ich allerdings nicht mehr genau. Ich denke, etwas wie: »Hallo, wie geht's dir?«

Aber was für eine seltsame Frage war das eigentlich, wenn man sich einundzwanzig Jahre lang nicht gesehen hat? Haben wir einander einen Kuss gegeben? Ich glaube schon.

Ich kann mich nicht mehr im Detail erinnern, wie diese Begegnung verlief. Ich weiß zum Beispiel nicht mehr, was wir anhatten oder worüber wir sprachen. Ich weiß nur noch, dass es eine ziemlich peinliche Situation war. Ich erinnere mich daran, dass ich sie zum Reden mit in den Wald nahm. In den Wald, den wir beide so gut kannten und in dem wir früher oft zusammen gewesen waren.

Warum tat ich das eigentlich, etwas so Dramatisches? Was dachte ich mir dabei? Dass es Erinnerungen in ihr wachrufen würde? Oder alte Muttergefühle?

Ich weiß noch genau, auf welcher Bank wir saßen, aber nicht mehr, was wir dort besprochen haben. Unbehaglich war es, das habe ich noch in Erinnerung. Im Nachhinein denke ich: Hätten wir nicht jemanden bitten sollen, mit uns zu kommen, um dieses Gespräch ein wenig zu begleiten?

Diese erste Begegnung führte zu einer weiteren, die glücklicherweise etwas weniger unbehaglich verlief. Beim Treffen danach hielt ich es für eine gute Idee, dass meine Töchter ihre Oma kennenlernten und meine Mutter ihre Enkelinnen traf. Die Kinder hatten schon eine Oma, Victors Mutter, deswegen hatte ich mir überlegt, sie könnten sie vielleicht mit »Nonna« ansprechen, also mit dem italienischen Wort für »Oma«. Ich dachte, es wäre nett, zusammen etwas zu unternehmen, um das Eis zu brechen.

An einem schönen Herbsttag im Oktober 2005 gingen wir alle zusammen in den Tierpark in Wassenaar. Natürlich ließen wir am Eingang des Parks so ein altmodisches Foto machen. Das tat doch jede »gewöhnliche« Familie, oder? Das wollte ich auch!

So, und jetzt laufen wir hier alle zusammen herum, dachte ich voller Stolz. Als wäre es die normalste Sache der Welt, dass ich mit meiner Mutter und meinen Töchtern hier war. Wenn die anderen Leute nur gewusst hätten, welche Geschichte dahintersteckte!

Nach dem Affengehege gingen wir Pfannkuchen essen, und danach brachten wir die Nonna alle gemeinsam zum Zug.

Von da an kam meine Mutter auch hin und wieder zu uns nach Hause. Dann backte sie mit den Mädchen Kekse, bastelte mit ihnen, und sie spielten endlos lange »Teegesellschaft« mit dem rot-weiß gepunkteten Puppenservice. Oder sie verkleideten sich als Feenprinzessinnen mit Kleid, Krone und Zauberstab. Meine Mutter spielte immer richtig mit und setzte sich dann auch einfach eine Krone auf. Die Mädchen fanden das großartig. Sie hatte viel mehr Geduld als ich, und das sorgte für eine angenehme Ruhe im Haus.

Außerdem besuchten wir meine Mutter einmal in Drenthe. Seit 1984 war ich nicht mehr in diesem Haus gewesen. Damals war es baufällig gewesen, doch inzwischen hatte man die damalige Bauruine in ein gewöhnliches Haus verwandelt und in Zimmer eingeteilt. Ich war schon ein wenig nervös, aber alles lief ziemlich unverkrampft ab, und zum Glück hatte ich keine schlimmen Flashbacks.

Wir waren tagsüber bei meiner Mutter, übernachteten zu viert in einem Hotel in der Gegend und aßen dort am Abend zusammen. Am Tag danach stand der Tier- und Spielpark auf dem Programm. Außerdem besuchten wir einmal den Verkehrspark in Assen. Anna und Julia waren von den Tretautos einfach nicht wegzubekommen, genau wie mein Bruder und ich früher.

Irgendwann in dieser Zeit wurde Anna fünf. Ich kann mich nicht mehr erinnern, ob ich darüber damals wirklich nachgedacht habe. Ich nehme an, ich habe es rasch von mir weggeschoben. Vermutlich war es in diesem Moment zu extrem und zu schmerzhaft, als dass ich mir hätte klarmachen können, dass auch ich selbst so ein kleines Ding gewesen war, als meine Mutter wegging. Ich glaube, dasselbe galt auch für meine Mutter. Jedenfalls kann ich mich nicht daran erinnern, dass wir damals darüber gesprochen hätten. Im Nachhinein betrachtet ist das eigentlich ziemlich seltsam.

Von diesen ganzen Begegnungen ist mir vor allem im Gedächtnis geblieben, dass ich mir so verzweifelt wünschte, es würde »funktionieren«, dass es schön war und dass für uns ein neues Zeitalter anbrach. Ich wollte nicht mehr über die Vergangenheit reden. An den Jahren, die hinter uns lagen, konnten wir sowieso nichts mehr ändern. Wir mussten das genießen, was wir nun hatten. Am besten, wir richteten den Blick in die Zukunft, denn wir hatten keine Zeit mehr zu verlieren.

Das Ganze war zum Scheitern verurteilt.

Voll guten Mutes hatte ich mich an unseren neu aufgenommenen Kontakt gemacht. Ich hatte meine Mutter wieder in mein Leben gelassen, und jetzt würde alles gut werden.

Trotzdem entwickelte es sich anders. Am Anfang war es sehr schön, doch schon bald rief sie ein paarmal in letzter Minute an und sagte ab, weil sie krank sei. Ich versuchte, die Enttäuschung nicht wahrzunehmen, aber es gab sie trotzdem, und sie wuchs mit jeder Absage. Die Wut auch. Auf emotionaler Ebene begehrte alles in mir auf: Sie bekam also eine zweite Chance und warf die einfach weg? Wollte ich mit dem Ganzen wirklich weitermachen?

Und dann heiratete mein Bruder. Anna und Julia waren Brautjungfern, beide in niedlichen weißen Kleidchen, die meine Tante Valentina aus Italien geschickt hatte. Zum ersten Mal seit dieser Auseinandersetzung in Drenthe vor so vielen Jahren hielten sich meine Eltern wieder im selben Raum auf. Sie nickten einander aus einiger Entfernung zu, doch keiner von ihnen war imstande, den Abstand zu überbrücken.

In den Monaten, die nun folgten, konnte meine Mutter wieder nicht kommen. Allmählich nagte das an mir. Sosehr ich auch sämtliche Erwartungen herunterzuschrauben versuchte, wenn sie wieder einmal krank, erschöpft oder unpässlich war, konnte ich nur noch denken: Schwächling, Loser, Opfer. Irgendwann spürte ich, dass ich nicht mehr konnte.

Sofort danach machten sich enorme Schuldgefühle bemerkbar. Durfte ich das Anna und Julia antun?

Schließlich überlegte ich mir: Okay, wenn dich das jedes Mal so sehr runterzieht, ist es auch nicht gut für die Mädchen. Damit war die Entscheidung gefallen. Ich ließ zu, dass der Kontakt im Sande verlief.

Einige Monate später traf eine Karte meiner Mutter ein, auf der stand, sie wolle den Kontakt gern wiederaufnehmen. Ich begriff überhaupt nichts mehr. Sie war doch diejenige, die immer telefonisch absagte. Ich fühlte eine enorme Wut in mir aufsteigen und riss die Karte energisch in Stücke. Der Kontakt zu ihr war nicht gut für mich. Ganz eindeutig nicht. NO MORE. Ende, aus.

Im Rückblick denke ich, dass unser erneuter Kontakt mich immer wieder an all die Male erinnerte, als ich als Kind nicht hatte kommen dürfen, aus Gründen, die ich nicht begriff. Allerdings erfasste ich das damals nicht. Jedes Mal wieder die entsetzliche Enttäuschung … das musste einfach mit schmerzlichen Erinnerungen aus meiner Kindheit zu tun haben. Ich hatte sie nie verarbeitet, das wurde mir langsam klar, je häufiger ich mit der Betriebsärztin sprach. Und wo war der Kummer von damals geblieben, wenn ich ihn nie verarbeitet hatte? Er konnte sich doch nicht einfach so in Luft aufgelöst haben?

Es ließ sich nicht mehr leugnen: Hier lag wahrscheinlich der Grund dafür, dass ich jetzt mit einem Burn-out zu Hause saß. Ich war als Fünfjährige in den Überlebensmodus geworfen worden und hatte mein ganzes Leben lang in dieser Einstellung verharrt. *Frozen in time* – wie eingefroren in der Zeit.

Wie nur, um Himmels willen, sollte ich wieder aus diesem starren Zustand herauskommen? Es gab viel zu tun, das war mir nun deutlicher bewusst als jemals zuvor.

Die erste erneute Kontaktaufnahme mit meiner Mutter im Jahr 2005 hatte also keine wirkliche Veränderung erbracht. Doch mit der Zeit begriff ich immer deutlicher, dass ich selbst alles andere als bereit für die Konfrontation gewesen war. Die Zeit war eindeutig noch nicht reif gewesen. Ich musste erst selbst an meinem Tiefpunkt ankommen, um die Vergangenheit in meinem Leben zulassen zu können. Ich hatte während der vergangenen Jahre alles sehr gekonnt weggeschoben. Unser Kontakt hatte mir damals trotz der schönen und guten Momente auch viele Schmerzen bereitet. Die ganze Zeit war da eine offene Wunde gewesen, die ich nun, wegen des Burn-outs, nicht länger ignorieren konnte. Ich musste es mir eingestehen: Es gab zweifellos eine Verbindung zwischen meinem aktuellen Zustand und dem Aufbruch meiner Mutter im Jahr 1979.

5. Kapitel: Die Karte

Es war Ende Januar 2015, als ich in Erwägung zog, den Kontakt zu meiner Mutter wiederaufzunehmen. Sie hatte bestimmt auch nicht gewollt, dass unser erneuter Kontakt vor zehn Jahren wieder auf ein Stillschweigen von meiner Seite aus hinauslaufen würde. Trotzdem dauerte es noch einige Wochen, bis ich all meinen Mut zusammengenommen hatte und wirklich etwas unternahm. Ich wollte nicht übereilt vorgehen, also beschloss ich, ihr eine Karte zu schicken und sie zu bitten, mir in einem Brief ihre Seite der Geschichte zu erzählen. Das war auf alle Fälle ein erster Schritt.

Hallo Elaine,
ich hörte – schon vor einiger Zeit – von deiner jüngsten Schwester Alexia, dass du gerne einmal deine Sicht auf das Geschehene erzählen würdest, die ganze Geschichte. Möchtest du sie für mich aufschreiben und mir schicken?
Ich warte auf Nachricht von dir.
Kuss, Sophie

Die Distanz, die durch die Papierform gewahrt wurde, fühlte sich sicher an, wie eine Art Airbag zwischen uns. Dennoch bekam ich eine Panikattacke, nachdem ich die Karte in den Briefkasten geworfen hatte. Jetzt gab es keinen Weg mehr zurück. Während der nächsten Tage wechselten sich Hoffnung und Furcht ab – dieselben verwirrenden Gefühle, die ich aus meiner Kindheit noch so gut kannte.

Die Tage vergingen. Wenn ich morgens keine Post von ihr im Briefkasten fand, fühlte sich das an wie ein Stich in der Brust. Das Gefühl, alles würde in irgendeiner Form wieder auf eine Enttäuschung hinauslaufen, gewann langsam die Oberhand. Der Funke Hoffnung, den mir mein Annäherungsversuch verschafft hatte, wich einem grauen Gefühl. Ich wollte nur im Bett liegen, mir die Decke über den Kopf ziehen und abwarten, bis alles wieder verebbte, denn ich wusste: Dieses Gefühl würde allmählich vergehen, so war es immer gewesen.

Und dann lag plötzlich eine Karte im Briefkasten, in einem verschlossenen Umschlag.

Statt erleichtert zu sein, war ich enttäuscht – oder vielmehr böse und beleidigt. Wie konnte da nun die ganze Geschichte drinstehen? War ihr selbst ein einfacher Brief zu viel Mühe?

Empört warf ich die Karte – ungeöffnet – hinten in einen Schrank und wünschte mir, bald würde ein dickerer Umschlag folgen. Ich wartete und hoffte, aber da kam nichts.

Kurz darauf machte ich einen Spaziergang in dem Waldstück in unserer Nähe. Ich setzte mich auf eine Bank in der Sonne, und mit der Stille kamen die Erinnerungen. Früher waren wir oft mit meiner Mutter hier gewesen. Geburtstagsfeiern hatten hier stattgefunden, Schnitzeljagden mit »Schätzen« am Ende, die sie irgendwo unter einem Baum vergraben hatte.

In demselben Wald hatte im Herbst 1984 ein Freund von

Tosca, der bei einer Werbeagentur arbeitete und ein »Model« brauchte, das Foto gemacht, das Anfang 1985 auf einer Million Erdnussbuttergläsern der Marke Calvé zu sehen war. An diesem Tag hatte sich der Herbst von seiner besten Seite gezeigt, ich konnte die Wärme der Sonne auf der Haut fast noch spüren. Auf dem Foto sah ich froh und glücklich aus, in einem hellblauen Pullover – ich weiß noch genau, in welchem – und mit einem kleinen roten Rucksack auf dem Rücken: ein Bärenkopf mit Armen und Beinen. Mein blondes Haar glänzte in der Sonne, und ich lachte vergnügt. Über meinem Kopf prangte der Text: *Jetzt Calvé-Erdnussbutter kaufen und einen schönen Kinderrucksack bekommen*. Die Leute, die sich fröhlich die Erdnussbutter auf dem Brot schmecken ließen, hätten nur wissen sollen, wie schwer mein Rucksack gewesen war und was sich hinter diesem Lachen verbarg.

Dort auf der Bank begriff ich, dass ich meine Mutter nicht einmal, sondern unzählige Male verloren hatte. Als ich fünf war, als ich zehn war, 2008 und auch jetzt wieder, mit vierzig Jahren. Doch nun erst schien wirklich zu mir durchzudringen, dass ich es nicht leicht hatte und es bestimmte Dinge für mich einfach nicht gab: einen Tag mit meiner Mutter in der Stadt zu verbringen, zusammen Kaffee zu trinken oder irgendwo etwas zu essen. Ich begriff, dass sie nie wieder zurückkommen würde, um mit all ihrer Mutterliebe die große Leere tief in meinem Inneren zu füllen.

Ich sprach es laut aus: »Es wird wirklich nie passieren. Nein, wirklich nie. Wirklich nie.«

Mein Kopf hatte das natürlich schon längst begriffen, aber mein Herz hatte sich geweigert, diese Tatsache zu akzeptieren. Ich zerbrach innerlich. In diesem Moment begriff ich, dass etwas mit dem Herzen zu fühlen so unendlich anders ist, als etwas vom Kopf her zu wissen.

Als ich am nächsten Tag auf der Straße eine Oma mit ihrem Enkelkind spielen sah, kamen mir die Tränen. Ich wollte auch so gern eine Oma für unsere Töchter, und für mich selbst wollte ich eine Mutter. Eine Mutter, die sich hin und wieder auch kurz um mich kümmerte, obwohl ich schon groß war. Erst jetzt, gut dreißig Jahre nach dem Geschehenen, gelangte ich zum Kern meines alten Kummers. Des Kummers, den ich gekonnt irgendwo versteckt hatte. Erst jetzt konnte ich ihn empfinden. Es war, als wäre ein verschobener Trauerprozess in Gang gekommen.

Und das war nur der Anfang! Ich wusste nicht mehr, wo ich ansetzen sollte. Aus reiner Verzweiflung legte ich, genau wie ich das früher manchmal getan hatte, immer wieder »Niemand lässt sein eigenes Kind allein« von Willy & Willeke Alberti und »Ich fühl mich so verdammt allein« auf, bis die Tränen wieder flossen. Wie sollte ich jetzt nur weitermachen?

Die Karte hatte ich immer noch nicht aus dem Umschlag geholt. Manchmal öffnete ich die Schranktür und sah sie dort liegen. Ich glaubte nicht, dass der Umschlag etwas enthielt, was dafür sorgen konnte, dass ich mich besser fühlte. Darum ließ ich ihn, wo er war.

Das tägliche Leben ging einfach weiter. Eine meiner Töchter hatte Geburtstag, und wir schmückten die Küche und drapierten Geschenke um ihren Teller. Ich war überglücklich mit unserer Familie, aber, mein Gott, wie gern hätte ich das mit einer eigenen Mutter geteilt, einer richtigen Mutter! Ihr ein Foto geschickt und geschrieben: *Schau nur, Mama, wie gemütlich es bei uns aussieht, was? Na, dann bis morgen – schön, dass du kommst.*

An meinem Geburtstag schickte mir meine Mutter aus heiterem Himmel eine E-Card, die ich ebenfalls nicht öffnete. Am Tag darauf klingelte es an der Tür: der Postbote mit einem Paket für Anna, Julia und mich. Auch von ihr. Wieder verspürte ich dieselbe böse Panik. Später an diesem Nachmittag öffneten Anna und Julia das Paket, während ich im Bett lag. Sehr nett, aber ich hatte nicht darauf gewartet.

Worauf ich denn stattdessen wartete, hätte ich nicht sagen können. Ich wollte doch so gern eine Mutter, eine Oma für unsere Töchter, und nun ließ sie etwas von sich hören, und ich wollte das nicht annehmen. Oder wollte ich eine andere Mutter? Nicht das Exemplar, das mir so viel Schmerz zugefügt hatte?

Ich las eine Zeitungskolumne der Schriftstellerin Aaf Brandt Corstius, in der sie darüber schrieb, dass ihre Mutter verstorben war, als sie sechs war, und dass sie immer böse wurde, wenn Leute über ihre Mütter jammerten, denn sie selbst hätte nur zu gern eine gewollt – sogar eine, die meckerte.

Oder sogar eine, die von zu Hause weggelaufen war, fügte ich in Gedanken hinzu.

Ich schämte mich dafür. Immerhin hatte ich tatsächlich noch eine Mutter, aber ich wusste nicht, was ich mit ihr anfangen sollte. Das Gefühl, dass sie mich einfach nicht mehr hatte haben wollen, saß immer noch so tief. Es gelang mir einfach nicht, das hinter mir zu lassen. Ich konnte mir vorstellen, dass das für Menschen, die wirklich keine Mutter mehr hatten, sehr schwer nachvollziehbar war.

An einem Samstag stand ich am Rand eines Spielfelds und schaute mir einen Hockeywettkampf von Julias Mannschaft an. Dabei kam ich mit zwei Müttern ins Gespräch. Eine der beiden erzählte, ihr Vater sei verstorben, als sie noch sehr jung gewesen war, und sie habe die Zeit vor dem Vatertag immer als so schmerzlich empfunden, weil überall für alle Väter gebastelt wurde. Ich konnte mich gar nicht erinnern, wie das für mich mit dem Muttertag gewesen war. Vermutlich habe ich mich einfach stoisch hingesetzt und etwas gebastelt, als hätte ich noch eine Mutter zu Hause.

Ich weiß noch gut, dass ich immer vor allem absolut »normal« zu sein versuchte – ich hatte riesige Angst, jemand würde rufen: »Hey, Sophie! Deine Mutter ist doch von zu Hause abgehauen?« Die Scham war so unendlich groß – und die Schuldgefühle auch.

Ich habe immer geglaubt, es hätte an mir gelegen, dass sie weggegangen war. Dass sie vielleicht doch geblieben wäre, wenn ich ein lieberes Kind gewesen wäre, nicht so lästig.

Eines Nachmittags um den Frühlingsanfang 2015 herum legte ich mich kurz hin. Ich hatte *Easy Sleep Classics* angestellt. Die Kopfhörer auf den Ohren, schlief ich langsam ein. Plötzlich sah ich mich selbst als kleines Mädchen auf einer leeren Fläche stehen, mitten im Nirgendwo. Ein starker Wind wehte. Da war niemand, überhaupt niemand. Wohin ich auch schaute, ich sah nichts als Unendlichkeit. Ich stand einfach nur da, mutterseelenallein. Ich wusste nicht, was ich tun oder wohin ich gehen sollte, also blieb ich einfach stehen. Auf unendlich niederdrückende Weise fühlte ich mich einsam. Als ich aufwachte, waren meine Wangen nass von Tränen.

In dieser Zeit las ich sehr viel zum Thema Trauerarbeit, aber bei jedem Buch dachte ich: Lüge ich mir hier nicht selbst etwas vor? Meine Mutter war schließlich nicht tot, meine Mutter war am Leben. Aber gleichzeitig erkannte ich dieselbe Leere, die in den Büchern beschrieben wurde. Dass einem so unglaublich viel fehlte, wenn man ohne Mutter aufgewachsen war. Doch selbst das wagte ich eigentlich nicht laut auszusprechen, denn wie hätte ich zu glauben wagen können, dass ich denselben Schmerz verspürte?

Während die Wochen vergingen, erkannte ich meine Gefühle der verschobenen Trauer immer deutlicher. Ich sah, dass ich meinen Kummer von früher über die Jahre auf verschiedene Art und Weise zugedeckt hatte, einerseits mit Scham und Schuldgefühlen, andererseits auch, indem ich mich ganz intensiv bemüht hatte, mein Bestes zu geben – und leider auch durch Aggression. Darum war ich zum Beispiel oft böse auf Victor, wenn ich das Gefühl hatte, dass er nie da war, böse auf die Kinder, wenn sie nicht auf mich hörten, böse auf meine Chefin, weil sie mich mit Arbeit überschüttete und mir nicht half.

In all diesen Situationen fühlte ich mich eigentlich als Opfer. Ich war davon überzeugt, dass das alles *jetzt* passierte und dass alles doch noch gut werden würde, wenn nur sie, die »Täter«, ihr Verhalten änderten. Das Suchen und Finden eines Beweises dafür, dass die anderen es nicht richtig machten (ich selbst hingegen schon), gab mir auf seltsame Weise ein Gefühl der Kontrolle und der Hoffnung. Der Hoffnung, es ließe sich noch etwas ändern, *wenn nur sie sich änderten*.

Dafür versuchte ich also zu sorgen, mit Wohlwollen, aber oft auch – voller Wut –, indem ich böse Mittel anwandte. Dass daraus ein Kampf entstehen würde, nahm ich in Kauf. Ich musste tun, was diese Hoffnung mir eingab. Für mich fühlte es sich an, als stünde mein Leben auf dem Spiel und es wäre meine einzige Chance.

Ich kämpfte allerdings immer wieder mit einem Schatten aus meiner Vergangenheit, wodurch jeder Triumph nichts weiter als ein Pyrrhussieg war. Aber Hoffnung schenkt Leben, der Zyklus wiederholte sich also immer wieder. Leider hat sich dabei nicht wirklich etwas verändert, außer dass der Kriegsschauplatz immer größer wurde.

Es schien, als könnte ich die riesige Hilflosigkeit von damals überschreien, indem ich jetzt mein Leben unter Kontrolle brachte. Natürlich hatte ich keinen Funken Kontrolle darüber gehabt, wie es früher zugegangen war. Offensichtlich war das zu schmerzlich gewesen, als dass ich damit hätte leben können, also hatte ich es gekonnt verborgen.

Die Einsicht, dass ich diesen unverarbeiteten Kummer noch in mir trug, jedoch Methoden entwickelt hatte, um ihn nicht zu spüren, schenkte mir auf eine seltsame Weise Erleichterung, weil ich es nun endlich begriff. Das bedeutete natürlich nicht, dass der Kummer nicht (mehr) existierte, ich hatte ihn nur nie verarbeiten können.

Die nun folgenden Wochen empfand ich als Trauerphase. Es war, als könnte ich den ganzen Kummer von früher nun endlich zulassen. Ich wehrte mich nicht mehr gegen ihn, rannte nicht länger vor ihm weg, sondern »lud ihn zu mir ein«, gab ihm einen Platz in meinem Leben. Die Angst, die ich vor meiner Schlangengrube empfunden hatte, wich der Erleichterung. Das Ganze war nun einmal Teil meiner Geschichte, daran konnte ich nichts mehr ändern. Aber, so begriff ich nun, das war auch nicht nötig. Ich litt nicht unter dem alten Schmerz (der war schon vor so langer Zeit verursacht worden), sondern ich litt unter der Art und Weise, wie ich – ohne mir dessen bewusst zu sein – versucht hatte, diesen alten Schmerz nicht zu spüren!

Als ich das begriff, fühlte ich mich befreit und gereinigt. Es schien, als klare alles auf, als würde es heller in mir. Ich fühlte mich auch im wahrsten Sinne des Wortes leichter, als wäre ich einen ganzen Haufen Ballast losgeworden. Ich war fröhlich, auf eine Art und Weise, die ich bei mir selbst noch nie erlebt hatte.

Nun beschloss ich, die Karte meiner Mutter zu öffnen, die seit Monaten in meinem Schrank lag, und zu meinem Erstaunen las ich:

Ja, natürlich will ich meine Seite der Geschichte für dich aufschreiben.
Hast du noch konkrete Fragen?

Mit einem Schlag fiel die ganze Wut von mir ab. Jetzt war ich wieder an der Reihe. Noch am selben Tag schrieb ich meiner Mutter einen Brief, in dem ich erklärte, warum meine Reaktion so lange auf sich hatte warten lassen. Ich erzählte ihr, dass ich zu einer echten Überlebenden geworden war: hart im Nehmen, aber mir selbst auch völlig fremd. Und dass ich endlich das mutterlose Aufwachsen hatte betrauern können, mir aber noch so viele Puzzleteile fehlten und ich darum sehr gern ihre Geschichte hören wollte und dass alles willkommen war.

Als ich drei Tage später mit schweren Einkaufstaschen nach Hause kam, fand ich einen dicken Umschlag im Briefkasten. Ich konnte es beinahe nicht glauben. Lag da die Büchse der Pandora oder eine Schatzkiste vor mir?

Vorsichtig öffnete ich den Umschlag. Zwölf Seiten voll, handgeschrieben.

Mein liebes Kind Sophie,
glücklicher hättest du mich heute nicht machen können. Ich habe deinen Brief in der Post gefunden! Ich werde tun, was ich kann, um dir alles zu erzählen, damit du, so mitgenommen du auch bist und warst, ein in dir ruhender und glücklicher Mensch werden kannst.

Ich sog die Worte meiner Mutter förmlich in mich auf, las von ihrer eigenen Kindheit, ihren Eltern, unserer Familie. Manche Dinge, über die sie schrieb, machten mich froh. Ich fand es so schön, das alles über früher zu lesen, über die Familie, in der sie aufgewachsen war, zu erfahren, welche Schule sie besucht hatte. Dass es im Garten nicht nur Apfel- und Pflaumenbäume, sondern auch einen Maulbeerbaum gegeben hatte und noch mehr von all den Dingen, die ich noch nicht wusste. Ich hatte das Gefühl, als würde ich sie jetzt erst kennenlernen.

Sie schrieb über meine ersten Lebensjahre, in denen sie alles gehabt hatte, was sie sich nur wünschen konnte – wahre Schätze als Kinder, einen lieben Mann, ein prächtiges Haus, eine interessante Arbeit als Homöopathin –, dass sie jedoch tief in ihrem Inneren unglücklich gewesen war und das selbst überhaupt nicht hatte begreifen können.

Ich, diejenige, der das Leben eine solche Gnade zuteilwerden ließ, hatte doch nicht das Recht zum Unglücklichsein!

Sie empfand nur noch wenig Freude am Leben, alles war wie leer, doch sie wagte es nicht, mit jemandem darüber zu sprechen. Die Scham sei zu groß gewesen, schrieb sie.

Meine Mutter suchte immer weiter nach Antworten. Was

war denn nur der Sinn des Lebens? Es musste doch irgendeinen Weg geben? Doch sie fand keine Antworten, und ihre Einsamkeit wurde immer größer. Sie hatte das Gefühl, nirgendwo dazuzugehören, wollte sich in Nichts auflösen …

Wie konnte ich andere glücklich machen oder eine gute Mutter sein, wenn ich so in mir selbst festsaß?

Alles im Leben zu haben und sich dennoch eigentlich tief unglücklich zu fühlen, sich selbst nicht zu begreifen und nicht zu wissen, wie das um Himmels willen zu lösen war. Ihre Worte trafen mich mitten ins Herz, weil ich dieses Gefühl selbst auch so gut kannte. So oft hatte ich mich in den vergangenen Jahren gefragt: Warum nur bin ich nicht glücklich? Warum fühle ich mich nur so düster, so unfähig zu allem? Ich habe doch verdammt noch mal ALLES, was ich mir nur wünschen kann!

Zum ersten Mal vermochte ich sie als Mensch wahrzunehmen, nicht mehr nur als die Frau, die ihre Kinder, die *mich* verlassen hatte, wo ich sie doch so sehr gebraucht hätte.

Auf Seite sieben war es um mich geschehen, und die Tränen flossen wieder. Da stand, dass sie mir früher, wenn sie mit meinem Vater ausging und eine Babysitterin kam, vorher ins kleine Ohr geflüstert hatte: »Mama kommt *immer* zurück!«

Sie beendete ihren Brief mit den Worten:

Liebe Sophie, du weise Seele, es gibt keinen vorgeformten Weg, wir werden einen schaffen müssen. Ich bin dir unendlich dankbar dafür, dass du mir die Chance gibst, diese Zeit nun zu beginnen, und dass du mir alle Freiheit schenkst. Jede Reise beginnt mit dem ersten Schritt. Vertrauen und Freude erfüllen mich.

Natürlich rührte mich dieser Brief tief, und ihre Worte machten mich traurig, doch zugleich wurde ich fröhlich davon und fühlte mich sogar munter. Es war, als wäre eine neue Zeit für uns angebrochen.

Ich schrieb ihr zurück, das Lesen ihres Briefes hätte mich natürlich aufgewühlt, dass ihr das beim Schreiben aber sicher ebenso ergangen sei.

> *Ich weiß nicht, wie es zwischen uns weitergehen wird. Auch wenn ich dir jetzt vergeben kann, wird der Schmerz von früher noch immerhin mehr. Damit muss ich noch ins Reine kommen. Ich kann nicht vorhersagen, was das bringen wird, aber ich hoffe, wir werden einander einmal wiederfinden. Als Menschen.*

Als ich zum Briefkasten ging, war ich verwirrt. Wie war es nur möglich, dass ich ihr nun auf einmal so plötzlich vergeben konnte? Machte ich mir selbst einfach nur etwas vor?

Beim Heimkommen sah ich, dass ein zweiter Umschlag von meiner Mutter in unserem Briefkasten lag. Und auch, dass sie eine Zwei auf den Umschlag geschrieben hatte. Darüber musste ich grinsen; ich hatte auf ihren ersten Umschlag nämlich eine Eins geschrieben. Vielleicht glichen wir einander doch mehr, als ich dachte.

Ich las noch mehr über meine Großeltern und Urgroßeltern und über die große Familie mit den sechs Kindern, in der sie als älteste Tochter aufgewachsen war. Und über ihren Vater, meinen Großvater, der unter einer manisch-depressiven Erkrankung gelitten hatte. In einer Phase der Niedergeschlagenheit hatte er manchmal monatelang kein einziges Wort gesprochen.

Wenn er von der Arbeit nach Hause kam, goss meine Mutter Tee für ihn ein und setzte sich zu ihm, »damit er es nett hatte«. Dann starrte er ins Nichts, der Tee wurde kalt … Wenn sich ihr Vater »normal« verhielt, war es herrlich. Der Kontrast hätte nicht größer sein können. In dieser Jo-Jo-Welt war meine Mutter aufgewachsen.

Und dann war mein Großvater gestorben – mit nur achtundvierzig Jahren. Ein Herzstillstand hatte als offizielle Todesursache gegolten, aber meine Mutter schrieb, sie sei Jahre danach ihrer alten Haushaltshilfe begegnet, und diese Frau habe gesagt: »Du weißt ja wohl, dass dein Vater das Leben nicht mehr ertragen konnte? Und dass er seinem Leiden selbst ein Ende gemacht hat?« Meine Großmutter hatte ihre Kinder offensichtlich vor dieser traurigen Wahrheit beschützen wollen.

Elaine schrieb:

Ich musste plötzlich erwachsen werden, dabei war ich gerade erst siebzehn geworden.

Sie musste ihrer Mutter in allem beistehen, aber im Frühjahr 1962 ging das nicht mehr: Meine Mutter brach zusammen. Der Hausarzt sagte, sie müsse »raus«, sie brauche ein »Timeout«. Meine Mutter hätte gern studiert, aber gleichzeitig fühlte sie sich unter Druck, ihrer eigenen Mutter nicht länger finanziell zur Last zu fallen. Deswegen entschied sie sich für eine Ausbildung zur Sozialarbeiterin, genau wie ihre beste Freundin. Sie fand ein Zimmer in Amsterdam, schaffte ihr Diplom und ging arbeiten. Jetzt verdiente sie ihr eigenes Geld, und das schenkte ihr Selbstvertrauen.

Mein eigenes Leben hatte angefangen, und es machte mir immer größere Freude.

Damals beschloss sie eines Abends, eine Lesung zu besuchen, schrieb sie in einem weiteren Brief. Dort kam sie mit einem jungen Mann ins Gespräch, der später mein Vater werden sollte. Meine Mutter hatte das Bedürfnis, ihm über den Kopf zu streicheln. Sie hatte das Gefühl, als habe ihm das sein ganzes Leben lang gefehlt. Sie verliebten sich ineinander und verlobten sich kurz darauf.

Auch wenn sie zusammen eine sehr schöne Zeit hatten, erlebte meine Mutter einige Augenblicke, in denen sie tief in ihrem Inneren spürte: Hier stimmt etwas nicht. Aber sie war so verliebt und wollte so gern an das Märchen glauben, dass sie das Gefühl ganz weit wegschob, als existierte es nicht und hätte auch nie existiert.

Nachdem er sein Studium beendet hatte, blieb meinem Vater die Wahl: Militärdienst oder Arbeit im Ausland für einen multinationalen Betrieb. Er entschied sich für Letzteres. Meine Eltern heirateten und zogen nach Curaçao. Hier sollte ihr Leben als Ehepaar beginnen.

Damit endete der Brief, im nächsten würde meine Mutter weiterschreiben. Die Blätter noch auf dem Schoß, machte ich mir bewusst, als wie besonders ich unseren wiederaufgenommenen Kontakt empfand und wie froh und dankbar ich war. Es fühlte sich an, als würde meinem Leben immer wieder ein neues Kapitel hinzugefügt.

Im Laufe der Zeit kamen weitere Briefe. Und wenn sie keine Zeit zum Weiterschreiben hatte, sandte mir meine Mutter Briefe, die sie ihrer eigenen Mutter aus Amsterdam, Curaçao oder England geschickt hatte. Meine Großmutter hatte alle Briefe aufbewahrt, die sie jemals von meiner Mutter erhalten hatte, und auch die konnte ich jetzt lesen.

In unserem Briefwechsel schrieb meine Mutter mehrfach, wie sehr es ihr leidtue, dass alles so abgelaufen sei. Sie wünsche sich sehr, die Zeit zurückdrehen zu können, doch leider gehe das nicht. Sie ließ mich wissen, sie wolle zur Gänze die Verantwortung für all ihre Taten übernehmen, für all meinen Kummer und dass sie alles tun werde, um mir dabei zu helfen, mit der Vergangenheit ins Reine zu kommen. Dass alles gut sei und dass sie mich liebe.

Dieser neue Weg und wie er sich weiterentwickeln sollte, was am Ende das Ergebnis sein würde, all das war ein riesiges Geschenk. Manchmal fühlte ich mich genau wie E.T.: Es schien wirklich so, als würde mein Herz ab und zu aufleuchten! Das Leben konnte immer anders ablaufen, als man es erwartete, das zeigte sich nun wieder. Trotzdem war ich auch vorsichtig, aber das war gar nicht so ungewöhnlich, sagte ich zu mir selbst. Das alles brauchte eben einfach Zeit.

Die Jahre auf Curaçao hatte sie genossen und dort liebe neue Freunde gefunden, schloss ich aus dem, was meine Mutter über diese Zeit schrieb. Mit den Schwangerschaften – und zwar mit beiden – wurde für sie ein Traum wahr.

Ende 1974 zogen meine Eltern nach England, wo sich die Menschen reservierter verhielten. Meine Mutter fühlte sich einsam. Mein Vater arbeitete, und es gab Tage, an denen meine Mutter nur mit uns sprach. Und dann kam sie dahinter, dass sie nicht die einzige Frau im Leben meines Vaters war. Das zerstörte etwas in ihr.

Ich fraß alles in mich hinein, ich war im wahrsten Sinne des Wortes verschlossen und innerlich kaputt.

Ein enormer Riss in der Fassade des Glücks, die sie in der folgenden Zeit verzweifelt aufrechtzuerhalten versuchte.

Ich habe mein Allerbestes gegeben, auch wenn ich immer wieder mit bestimmten Umständen konfrontiert wurde.

Damit spielte sie auf die außerehelichen Abenteuer meines Vaters an.

Als wir alle schon in Den Haag wohnten, hatte er sogar einmal eine Frau, die ihn auch auf Geschäftsreisen begleitete, zu einem privaten Umtrunk bei uns zu Hause mitgenommen und sie dort vorgestellt, als wäre sie seine neue Freundin. Meine Mutter hatte sich – gute Gastgeberin, die sie war – nichts anmerken lassen, aber in diesem Moment sei sie zerbrochen, schrieb sie.

Von außen betrachtet glich unser Leben einem Märchen – einem Märchen, an das ich am liebsten für immer geglaubt hätte.

Ich war verblüfft. Dank der Schilderungen verschiedener Menschen hatte ich natürlich längst begriffen, dass da Dinge mit Frauen vor sich gegangen waren, aber mir war nicht klar gewesen, dass meine Mutter das auch gewusst oder zumindest Vermutungen gehegt hatte. In der Ehe meiner Eltern hatte es viel größere Probleme gegeben, als ich immer geglaubt hatte.

Warum hatte mein Vater diese Schwierigkeiten nie erwähnt? Warum hatte er behauptet, meine Mutter sei »wie aus heiterem Himmel« weggegangen? Hatte er Angst gehabt, wir könnten entdecken, dass er nicht so unschuldig war, wie er alle immer glauben lassen wollte?

Eine andere Erklärung wollte mir nicht einfallen. Offensichtlich täuschte er lieber nach außen hin Harmonie vor, statt sich zu fragen, was er selbst falsch gemacht hatte …

Meine Mutter schrieb, sie habe immer weiter nach Antworten gesucht, um ihre Einsamkeit zu ergründen und sich über sie zu erheben. Sie habe »normal« sein wollen, wie alle anderen.

Irgendwann hörte sie im Rahmen ihrer Ausbildung von einem Kurs zur Persönlichkeitsentwicklung in Dänemark. Der Zufall wollte es, dass wir in diesem Sommer nach Norwegen und Schweden reisten und auf dem Rückweg praktisch an dem Ort vorbeifuhren, in dem dieser Kurs stattfand. Dort war es wunderschön, und es gab einen Strand, sodass mein Vater jeden Tag mit uns ans Meer konnte. Aber dann fing es an zu regnen und hörte einfach nicht mehr auf. Mein Vater beschloss, mit uns nach Hause zu fahren; meine Mutter sollte später mit dem Zug nachkommen.

In diesem Kurs begegnete meine Mutter einem Mann, der die Lösung für all ihre Einsamkeit und ihren Kummer zu haben schien. Dadurch fand sie wieder eine Perspektive und Hoffnung für die Zukunft.

Wie herrlich wäre es, dachte ich, wenn ich mich selbst besser begreifen könnte und mit dem, was in unserer Ehe vor sich ging, besser umgehen könnte, sodass ich das Leben mit unseren Kindern und unserer Familie wieder ganz und gar genießen könnte.

Sie besprach die Begegnung mit diesem Mann bei ihrer Rückkehr nach Hause auch mit meinem Vater und meinte, sie könne sich vorstellen, dass er für sie ein »spiritueller Lehrer« werden würde, der ihre Sprache sprach und ihr hoffentlich dabei helfen könnte, wieder mit sich selbst glücklich zu werden. Sie nahm sich vor, intensiv an sich zu arbeiten und uns die beste Mutter und meinem Vater die liebste Frau zu werden, die sie nur sein konnte.

Als sie erst einmal wieder zu Hause war, klingelte schon bald das Telefon. Es war der Mann aus Dänemark. Er wollte wissen, ob meine Mutter gut angekommen sei. Dann stellte er ihr Fragen, die sie sich selbst noch nie gestellt hatte.

Von diesem Augenblick an gab es hin und wieder einen telefonischen Kontakt; für sie waren es Momente des Lernens, durch die sie neue Einsichten gewann. Das Leben meiner Mutter erhielt dadurch größeren Tiefgang, schrieb sie.

Im Oktober 1979 sollte wieder ein Kurs stattfinden, an dem dieser Mann auch teilnahm.

> *Es gab so viel, was für mich noch vollkommen unbegreiflich war, und er schien Zugang zu einer besonderen Quelle der Weisheit zu haben – darüber wollte ich sehr gern mehr erfahren.*

Mein Vater sah darin kein Problem und sagte beim Abschied sogar zu ihr: »Von meiner Seite aus bist du frei.« Allerdings begriff meine Mutter nicht genau, was er damit meinte.

Sie schrieb, ich sei noch ein wenig krank gewesen, und sie habe die Reise darum um einen Tag verschoben. Außerdem las ich, dass ihr der Abschied von uns sehr schwergefallen war, auch wenn sie nur eine knappe Woche wegbleiben wollte.

Hier endete die Geschichte meiner Mutter für eine Weile. Sie erzählte nicht weiter, sondern fragte, ob ich wirklich wissen wolle, was danach geschehen war. Ihr nächster Brief würde in diesem Fall nämlich das wichtigste Puzzleteil enthalten, das sie mir geben könne.

Ich zweifelte kurz. Aber trotz des Schmerzes, den ich vielleicht empfinden würde, wenn ich diesen nächsten Brief las, wusste ich eines ganz genau: Es nicht zu wissen wäre noch viel schlimmer.

6. Kapitel: Ein harter Brocken

»Nein, Sophie, wirklich nicht!«

Zum zigsten Mal hatte ich Livia gefragt, ob ich das Ganze in meinem Kopf nicht viel schlimmer gemacht hatte, als es wirklich gewesen war, früher bei uns zu Hause. Doch obwohl sie jahrelang oft bei uns zu Besuch gewesen war, konnte sie sich nicht daran erinnern, dass wir jemals als Familie an einem Tisch zusammengegessen hätten.

»Es war keine gewöhnliche Familiensituation, und daran brauchst du niemals zu zweifeln.«

Ich erzählte ihr, dass ich erst meinen Vater bitten wollte, mir seine Sicht auf das Vorgefallene zu erzählen, bevor ich auf die Frage meiner Mutter einging. In groben Zügen kannte ich die Geschichte meines Vaters natürlich, aber ich hatte noch nie bis ins Detail von ihm gehört, wie er alles erlebt hatte. Es erschien mir einfach fair zu sein, ihn als Erstes zu fragen; schließlich war er nicht weggegangen.

»Das wird noch ein harter Brocken«, meinte Livia lachend, und ich wusste, dass sie damit recht hatte. Warum sonst wäre ich immer noch so oft böse auf ihn gewesen? »Das kommt schon in Ordnung, Soof. Einen Schritt nach dem anderen.«

Wie immer half mir Livia, alles gedanklich zu ordnen. Das galt sicher für das, was meinen Vater betraf.

»Ich glaube, ihr versteht einander ganz einfach nicht, aber ich weiß bestimmt, dass er dich auf seine Art liebt«, sagte sie häufig.

Das irritierte mich maßlos, aber sie zeigte mir doch, dass es immer zwei Seiten gibt – oder zumindest zwei Erfahrungswelten.

Mein Vater fand es übrigens gar nicht seltsam, dass ich häufig wütend auf ihn war. Diejenige, der meine Wut eigentlich galt, hatte sich schließlich aus dem Staub gemacht, lautete seine Einstellung. Er fing in ihrem Namen unsere Schläge ab.

Aber stimmte seine Theorie wirklich? Mein Vater ließ mich doch auch immer wieder sitzen, obwohl er der Einzige war, der mir noch geblieben war. Aber vielleicht hatte er ja recht, und ich durchschaute das Ganze einfach nicht.

»Du bist krank und genauso durchgeknallt wie deine Mutter!«, schleuderte er mir manchmal während eines Wutanfalls entgegen.

Wenn ich etwas Falsches gesagt oder getan hatte, konnte er mich stundenlang ignorieren. Dann strafte er mich mit tödlichem Schweigen, bis ich irgendwann »Sorry« auf einen Zettel schrieb.

Es war, als wäre ich mit meinem Vater ständig in einer Art *Mind Game* gefangen. Immer wieder der Gedanke: Sehe ich es vielleicht falsch? Ich wagte meinem eigenen Gefühl nicht zu trauen. Würde ich irgendwann in der Lage sein, mich davon zu lösen? Andererseits: Wir hatten jetzt wirklich genug Zeit mit diesem Hin und Her vergeudet.

Mehrfach hatte ich mit ihm über die Stiche zu reden versucht, die er uns als Vater – meiner Auffassung nach – zugefügt hatte. Er sagte dann mit felsenfester Überzeugung, ich hätte keine Ahnung, wie damals alles für ihn gewesen sei. Dass er sich von einem auf den anderen Moment ganz allein einer schwierigen Situation ausgeliefert gesehen habe: Kinder, Arbeit, Haus – und kaum Hilfe.

»Ich habe doch alles getan, was ich konnte«, lautete seine Standardreaktion.

Das Durchhalten hatte ihn seine gesamte Kraft gekostet, und es war ihm nicht immer gelungen; dann war er niedergeschlagen gewesen. Er hatte Probleme bei der Arbeit gehabt, finanzielle Sorgen und zwei Kinder. Manchmal hatte er abends vergessen, bei wem er uns morgens abgegeben hatte. Das erzählte er mir irgendwann einmal lachend, als wäre es eine witzige Anekdote.

Er hatte damals auch durchaus manchmal daran gedacht, uns in den großen gelben Volvo zu laden und mit der größtmöglichen Geschwindigkeit gegen einen Baum zu fahren, so verzweifelt war er gewesen.

»Du hast nie genug«, hatte er oft gesagt. »Du willst immer mehr, mehr, mehr!«

Ich war ihm zu viel gewesen, wurde mir nun klar, und ich sah mich selbst wieder dort stehen, neben dem Sessel, in dem er saß und die Zeitung las. Da stand ich und wollte unbedingt eine Antwort auf irgendeine Frage, aber er hielt den Blick schnurgerade auf die Zeitung gerichtet. Ohne auch nur den Mund zu öffnen, vermittelte er mir die Botschaft überdeutlich: Lass mich in Ruhe.

Ich wusste, wenn ich weiter »quengelte«, wie er das nannte, würde er irgendwann explodieren: »Kann ich denn, verdammt noch mal, nicht einmal in Ruhe die Zeitung lesen?!« Oft schlich ich nach einiger Zeit davon, weil ich mich vor einer solchen Explosion fürchtete.

Manchmal gab er sich sehr, sehr freundlich. Dann dachte ich: Na also, er mag mich doch! Für mich war das, als würde ich kurz zum Leben erweckt.

Meistens ließ er kurz darauf die Katze aus dem Sack und fragte: »Ist es in Ordnung für dich, wenn ich heute Abend weggehe?«

Wenn ich Ja sagte, blieb er freundlich und zeigte mir, dass er zufrieden mit mir war. Wenn ich Nein sagte, wurde er böse. Dann hieß es, ich gönnte ihm nichts und sei egoistisch. Und anschließend ging er trotzdem. Das war immer am schlimmsten, deswegen gab ich meistens rasch nach. Wenn er erst einmal bekommen hatte, was er wollte, verwandelte er sich wieder zurück und benahm sich normal. Dann schämte ich mich, dass ich wieder darauf hereingefallen war. Ich wusste inzwischen doch längst, dass er nur nett und freundlich war, wenn er etwas von mir brauchte.

Es hatte natürlich auch schöne Augenblicke in unserem gemeinsamen Leben gegeben, das las ich in den Reiseberichten meines Vaters. Ich bekam diese beiden Seiten nicht zusammen.

Während eines Essens kurz vor meinem Burn-out erzählte ich ihm, ich hätte mich früher oft einsam und niedergedrückt gefühlt. Und dass ich fand, er sei zu wenig für mich da gewesen. Er reagierte mit großem Verständnis – ganz anders als sonst, ohne den üblichen Wutanfall. Ich verspürte Erleichterung und Freude.

Am nächsten Tag kam er zusammen mit Ella zum Essen zu uns und wollte noch einmal an unser Gespräch vom Vortag anknüpfen. Während ich dort stand und Zwiebeln schnitt, hörte ich ihn sagen: »Noch mal wegen gestern Abend …« Es lief darauf hinaus, dass ich ihm zufolge »ganz einfach einen Hang zum Depressiven« habe, genetisch belastet sei. Weder hätte ich Lust auf schöne Unternehmungen gehabt noch Freude empfunden, stattdessen sei ich immer negativ eingestellt gewesen. Ich umklammerte das Schneidebrett so fest, dass mir davon die Knöchel wehtaten.

Das war das letzte Mal, dass mein Vater und Ella uns zusammen besuchten. Ein paar Wochen später teilte mir mein Vater in einer Mail mit, dass sie eine »schwierige Zeit durchmachten« und nicht mehr im selben Haus lebten. Sie führten nun eine offenere Beziehung, er sei guter Laune und ich brauche mir keine Sorgen zu machen, er selbst tue das auch nicht.

Später erfuhr ich von Ella, dass das Ganze sich ein wenig anders verhalten hatte. Offenbar hatte er mitten in der Nacht seine Koffer gepackt und war bei einer anderen Frau eingezogen.

Die Katze lässt das Mausen nicht, war das Erste, was ich dachte.

Mein Burn-out hatte mir als willkommene Entschuldigung gedient, um ihn auf Abstand zu halten, aber wenn ich mich weiter so verhielt, würde sich nie etwas ändern. Ich musste auch diese Sache angehen und herausfinden, wie die Dinge zwischen uns standen.

Am nächsten Tag bat ich meinen Vater dann endlich, seine Lebensgeschichte für mich aufzuschreiben. Ich erzählte ihm, dass ich inzwischen auch mit meiner Mutter korrespondierte und dass uns das näher zusammengebracht hatte. Ich schrieb ihm, ich hoffte, bei ihm und mir würde das auch geschehen.

Er antwortete:

Liebe Sop! Was für eine nette Nachricht von dir. Ich werde das tun. Wie schön, dass die Tür für eine größere Nähe zwischen uns geöffnet ist. Danach habe ich mich lange gesehnt. Es tut mir leid, dass ich dir nicht genug Fürsorge und Aufmerksamkeit habe schenken können, während du groß geworden bist, und dass ich schlecht/unzureichend reagiert habe, als du mir später etwas mitteilen wolltest. Ich liebe dich und melde mich später wieder. Pap/Jan

Wie seltsam. Plötzlich sagte er das, was ich immer hatte hören wollen, aber auch jetzt hatte ich das Gefühl, es würde nicht bis zu mir durchdringen. War das – genau wie bei meinem Abschied von der Anwaltskanzlei – so ein Programm, das mein »System« nicht herunterladen konnte? Ich schien mein ganzes Leben lang so programmiert gewesen zu sein, dass ich Beweise dafür sammeln wollte, dass mein Vater nichts taugte, und jetzt taugte er plötzlich doch etwas? Wieder dieser Kurzschluss in meinem Kopf. Ich begriff nichts von alldem. Was war hier los?

In den Wochen danach schrieb er mir, Briefe und Mails wechselten einander ab. Er begann mit seinen jungen Jahren. Dass er im Hungerwinter im letzten Kriegsjahr geboren wurde, über seine Schulzeit, seine Liebe zum Segeln und zu Modellflugzeugen, dass er in Amsterdam Wirtschaftswissenschaften studierte und in den Sommermonaten Praktika in London und später in Paris absolvierte. Die erste Begegnung mit meiner Mutter schilderte er so:

Ich nahm etwas Trauriges an ihr wahr, und ich dachte, ich könnte sie glücklich machen.

Als deutlich wurde, dass sie ein Paar waren, machten sie Pläne, um im Sommer 1968 zusammen nach Paris zu gehen. Sie kehrten als Verlobte zurück. Er erzählte, seine Eltern hätten nichts gesagt und meine Mutter nicht einmal angeschaut, als er sie ihnen vorstellte.

Ein Skandal, schrieb er. Im August 1969 heirateten sie in De Bilt, und kurz darauf zogen sie nach Curaçao.

Alle jungvermählten Ehepaare bekamen Kinder, und wir meinten auch, das wäre schön.

Sie führten ein angenehmes Leben auf Curaçao, er mit seiner Arbeit und dem Segeln, und unsere Mutter hatte auch ein bequemes Leben, mit einer Haushaltshilfe. Allerdings litt sie öfter unter körperlichen Beschwerden, die sich nicht zuordnen ließen. Mein Vater wollte sie zu einem Arztbesuch überreden, aber das lehnte sie ab.

Über ihre Zeit in London schrieb er:

Das Privatleben in England war nicht so schön. Wir wohnten in einem Mietshaus weit außerhalb von London und fühlten uns dort sehr isoliert.

Andere Frauen erwähnte er mit keinem einzigen Wort.

Nach einem Dreivierteljahr, so schrieb er, zogen sie nach Den Haag, und dort begann meine Mutter mit der Ausbildung zur Homöopathin, der sie sich mit immer größerem Fanatismus widmete. Außerdem erfuhr ich, dass sie dort häufig nicht zuzuordnende Beschwerden hatte und manchmal depressiv war. Mein Vater versuchte wohl, sie zu einem Hausarzt zu bringen, was sie aber entschieden verweigerte. Dann kam »die Mitteilung«, dass meine Mutter in den Herbstferien zu einem wichtigen Kurs nach Dänemark fahren würde.

Ich könne dann auf die Kinder aufpassen, sagte sie. Ich akzeptierte das, weil ich dachte: Ich bin froh, dass sie etwas gefunden hat, was ihr gefällt.

Gegen Ende der Herbstferien hatte er sie angerufen, um sich zu erkundigen, wann sie zurückkäme.

Da erzählte sie mir nur vage Dinge, und in ein paar späteren Telefongesprächen äußerte sie, sie würde ihr bisheriges Leben hinter sich lassen und Gott werde für uns sorgen.

Einen Teil dieser Gespräche habe er sogar auf Band aufgenommen, schrieb er, aber die Aufnahmen habe er viele Jahre später weggeworfen, weil er mit seiner Vergangenheit habe abschließen wollen. Er sei vollkommen überrascht und entsetzlich wütend darüber gewesen, dass sie uns so im Stich ließ.

Erst später habe er begriffen, dass dabei ein Mann im Spiel gewesen sei. Er habe es uns erzählt, als wir zu dritt auf der Türschwelle zum Garten saßen, mein Bruder rechts und ich links von ihm: dass sie nicht zurückkomme, wir aber zusammen alles schaffen würden.

Danach machte er sich daran, die Zeit nach den Herbstferien zu regeln.

Es hat nicht gewirkt, als wärt ihr sehr traurig. Das klingt vielleicht seltsam, aber es war so.

Er meinte, nicht so abgestumpft gewesen zu sein, dass er das hätte übersehen können. Meinem Vater zufolge waren wir sehr jung gewesen und hatten von einem Tag zum anderen gelebt. Solange unser Ablauf übersichtlich strukturiert gewesen sei, habe das Ganze funktioniert.

Er schrieb auch, vielleicht hätten wir nicht so heftig reagiert, als sie ging, weil unsere Verbindung zu ihr nicht so stark gewesen sei. Sie habe etwas Unverbindliches gehabt, als gehöre sie nicht ganz zur Welt um sie herum.

Wie kann eine Mutter, die ein starkes Band mit ihren Kindern verbindet, ihre Kinder verlassen?

Als ich ihn fragte, ob wir denn nicht schrecklich hätten weinen müssen, schrieb er zurück, daran erinnere er sich nicht.

Seltsam … Meine Tante Philippa hatte erzählt, ich habe völlig außer mir oben an der Treppe gestanden und laut kreischend nach meiner Mutter gerufen, und im Brief meiner Großmutter hatte ich auch etwas anderes gelesen. Wie ungewöhnlich, dass mein Vater das ganz offensichtlich so anders erlebt hatte.

Mein Vater schrieb, er habe sich Rat bei einem Familientherapeuten gesucht, doch der habe ihn einigermaßen beruhigt. »Wenn Kinder einen Elternteil haben, dem sie vertrauen können, geht es meistens gut.« Darüber war er zwar erleichtert, fand es aber dennoch schwierig, unsere amputierte Familie am Laufen zu halten.

Die Verwandten meiner Mutter unterstützten ihn nur selten konkret, und zu seiner eigenen Familie hatte er keinen Kontakt, darum musste er alles mithilfe von Freunden und einem bezahlten Babysitter regeln. Das war ein mühseliges

Gepfriemel, und manchmal stand er allem ganz hilflos gegenüber.

Außerdem habe meine Mutter versucht, ihn finanziell »bis aufs letzte Hemd auszuziehen«, berichtete er in seinem Brief. Ihm zufolge war sie »völlig instabil« und im Bann eines geisteskranken Mannes, mit dem sie zwei weitere Kinder bekam.

Trotzdem habe er es wichtig gefunden, dass wir Kontakt zu ihr hielten, und darum habe er auch gewollt, dass wir hin und wieder Zeit bei ihr verbrachten. Aber das sei gewesen, bevor wir ihm 1984 diesen Brief mit dem Hilferuf aus Drenthe geschickt hätten. Als das geschah, war die Sache abgeschlossen, soweit ihn das betraf.

Alles, was damals vorgefallen war, setzte ihm noch immer zu, vor allem, dass er verlassen worden war und alles allein hatte regeln müssen. Das war verständlich, und ich begriff es auch, wenn ich versuchte, mich in ihn hineinzuversetzen.

Ich freute mich über die Offenherzigkeit meines Vaters, auch wenn ich selbst einer bestimmten Frage ganz bewusst aus dem Weg ging: Wie war das mit dieser Frau aus England gewesen?

Als ich endlich den Mut aufbrachte, ihn das zu fragen, reagierte er, als hätte ihn eine Wespe gestochen.

Pap, ich habe eine Frage: Wer ist Kate?, erkundigte ich mich in einer Mail.

Ich habe auch eine Frage: Wen um Himmels willen meinst du, und warum fragst du mich das?, schrieb er kurz darauf zurück.

Ich antwortete, ich wüsste gern, ob er während der Ehe mit meiner Mutter andere Beziehungen gehabt hätte, und zwar (unter anderem) mit Kate.

Er erklärte, das sei nicht der Fall gewesen.

War er sich da auch ganz sicher?

Ja, da war er sich ganz sicher.

Er schrieb:

Ich frage mich wirklich, was du da eigentlich machst. Wenn ich das richtig verstehe, hast du mit ein paar Leuten gesprochen. Vielleicht wäre es besser, wenn du bei dir selbst anfängst, denn es geht ja darum, was in dir abläuft, was du erlebst, wahrnimmst, welche Ideen und Bilder du davon behalten hast und wie du die verarbeitest.

Ich erschrak, weil ich das Böse, Ausfallende von früher wiedererkannte, ließ mich jedoch nicht mehr so ohne Weiteres ins Bockshorn jagen. Ich schrieb, ich würde ihn nicht verurteilen, sondern zu verstehen versuchen, was genau zwischen ihnen beiden schiefgelaufen war.

Seine Antwort:

Ich gebe auf. Ich erkenne hier folgendes Muster: Du willst immer, dass die Dinge (und ich) so sind, wie du sie siehst. Das läuft schon seit Jahren so. Zum Beispiel behauptest du immer, ich wäre in meiner Jugend geschädigt worden und dadurch so, wie ich bin. Und jetzt auch wieder: Du glaubst zu wissen, was zwischen deiner Mutter und mir abgelaufen ist. Hör auf damit, und entscheide dich bitte: Was willst du von mir?

Ich unternahm noch einen letzten Versuch:

Wart ihr denn bis zum Oktober 1979 wirklich glücklich?

Keine Reaktion.

Ich besprach alles mit Livia. Stimmte denn das, was er gesagt hatte? Hatte ich versucht, in seiner Jugend eine Erklärung für sein Verhalten zu finden, und wollte ich ihn auf diese Art und Weise sozusagen von seiner Verantwortung für meine ziemlich traumatische Kindheit und Jugend freisprechen? Dass er auch nichts daran ändern konnte, war für mich leichter zu verkraften als die Erkenntnis, dass er sich möglicherweise bei vollem Bewusstsein so egoistisch verhalten hatte.

Livia meinte, die Antwort auf die Schuldfrage mache doch keinen Unterschied im Hinblick darauf, wie ich sein Verhalten als Kind erlebt hatte. Das klang logisch. Eines wusste ich inzwischen mit Sicherheit: Wenn ich böse auf ihn blieb, hatte ich vielleicht das Recht auf meiner Seite, aber so würde ich im Endeffekt auch am meisten leiden. Ich musste mich also auch damit auseinandersetzen.

Als sich die Gemüter ein wenig beruhigt hatten, nahmen mein Vater und ich voll guten Mutes den Kontakt zueinander wieder auf und setzten unsere Korrespondenz fort. Ich beschrieb ihm, welche Auswirkungen das Erbe aus meiner Kindheit und Jugend auf meine Kinder gehabt hatte. Zum Beispiel schilderte ich, wie entsetzlich schwierig ich es fand, dass ich oft so böse auf die Mädchen gewesen war, aus einem Gefühl der totalen Ohnmacht heraus, wenn ich den Eindruck gehabt hatte, sie hörten mir nicht zu oder gehorchten mir nicht. Und wie schuldig ich mich fühlte, weil ich mich von der Wut hatte überwältigen lassen und mich nicht selbst hatte stoppen können.

Er schrieb offenherzig zurück. In unserer Kindheit und Jugend hatte er gemerkt, dass er allmählich anfing, seinem Vater zu gleichen, und das als schrecklich empfunden. Das Autoritäre, die Wut, der Mangel an Empathie … Wenn er dieses Verhalten an sich selbst bemerkte hatte, hatte er versucht, es zu korrigieren.

Als mein Vater für ein paar Tage aus Norwegen in die Niederlande kam, verabredeten wir uns auf einen Kaffee. Ich war – wie immer bei seinen Besuchen – zum Zerreißen angespannt. Als Überraschung hatte er eine ganze Menge Fotos von früher für mich mitgebracht. Er hatte sie nach Lebensphasen geordnet und erzählte mir seine ganzen Erinnerungen zu den Bildern. Das Eis war gebrochen. Ich freute mich sehr über die Fotos und über den Aufwand, den er für mich betrieben hatte.

Am Abend nach unserer Verabredung im Café rief ich ihn an und sagte, ich hätte noch einige Fragen. Er schien sich sofort in Habtachtstellung zu begeben, als ich ihn darum bat, noch ein allerletztes Mal so detailliert wie möglich zu erzählen, wie er es erlebt hatte, als meine Mutter von uns weggegangen war. Er reagierte hörbar verstimmt und erklärte seufzend, er habe das doch alles schon längst erzählt.

Ich gab nach und spürte einen Knoten im Magen. Wenn es darauf ankam, wagte ich es immer noch nicht, auf das zu bestehen, was wirklich wichtig für mich war. Ich wollte Antworten, und er war der Einzige, der sie mir geben konnte. Warum ließ ich mich dann so leicht abwimmeln? Was war ich nur für ein Feigling? Wenn er wütend wurde, war das zwar unangenehm, aber es kostete mich doch nicht das Leben.

Am nächsten Tag fuhren mein Vater und ich zusammen zu unserem alten Haus an der Groot Hertoginnelaan. Ich hatte am Vortag einen Zettel mit der Frage, ob wir – die ehemaligen Bewohner – das Haus noch einmal sehen dürften, in den Briefkasten gesteckt. Unsere Bitte war herzlich aufgenommen worden, und es hieß, wir seien mehr als willkommen.

Das war ein seltsames Erlebnis. Da standen wir also, zum ersten Mal seit 1980, wieder zusammen in dem Haus – auf dem Parkett im Wohnzimmer, bei dessen Verlegung mein Vater selbst mitgeholfen hatte. Das Haus fühlte sich auf eine gewisse Weise vertraut an, gleichzeitig aber auch wieder nicht. Es war, als hätte es seine Seele verloren.

Ein einziges Bild stieg in mir auf, und das zeigte mir mich selbst in der Küche vor dem Ausklappbrett des Geschirrschranks. Vor diesem Brett hatten mein Bruder und ich früher oft auf Hockern gesessen und unsere Brote gegessen.

Bei dem Gedanken daran, dass wir zu viert als glückliche Familie in dieses Haus eingezogen waren und dass in den wenigen Jahren, die wir dort gewohnt hatten, so viel Schönes zerstört worden war, stiegen mir die Tränen in die Augen. Ich musste an den letzten Tag denken, den meine Mutter und ich zusammen in unserem Haus verbracht hatten. Daran, wie wir zusammen ihre Tasche packten und es hieß, sie käme nach einer Woche einfach wieder zurück. Nach diesem Tag sollte nichts mehr so sein wie vorher.

Wie bizarr musste das auch für sie selbst gewesen sein? Es war doch auch ihr Leben gewesen, ihr Haus, ihre Familie? Und dann auf einmal nicht mehr.

Die neuen Bewohner erzählten vom Garten, von der Fülle an Blumen und Pflanzen, die jeden Frühling dort wuchsen, und davon, wie gut ihnen das gefiel – genau wie meinem Vater und meiner Mutter, das hatte ich ihren Briefen entnommen. Und plötzlich erinnerte ich mich an dieses Foto: In diesem grünen Garten hatte ich als kleines Kind gestanden, im Sommer 1976, in einem Kleidchen, das früher meiner Mutter gehört hatte. Obwohl es sich um ein Schwarz-Weiß-Foto handelte, konnte man sehen, dass es warm war und die Sonne vom Himmel strahlte. Mit einem offenen, fröhlichen Blick schaute ich in die Linse der Kamera meiner Mutter. Das Leben soll nur kommen, war in meinen strahlenden Augen zu lesen. So war es also vor dem großen Schlag gewesen, so war *ich* also gewesen.

Nach dem Besuch in unserem alten Haus gingen mein Vater und ich noch kurz irgendwo Tee trinken. Während mein Vater die Bestellung aufgab, dachte ich plötzlich: Jetzt reicht es. Ich dachte an das Foto. Lebenslust war also ganz offensichtlich durchaus einmal ein Teil von mir gewesen. Als würde ich wieder an das Gefühl von damals angekoppelt, drang etwas zu mir durch: Mir droht keine Gefahr mehr. Ich bin, verdammt noch mal, eine erwachsene Frau, und ich habe Fragen, auf die ich Antworten haben will.

Nochmals bat ich meinen Vater, er solle mir erzählen, wie er die Phase des Weggangs meiner Mutter erlebt hatte. Ich ließ mich von seiner Irritation nicht mehr aus dem Konzept bringen, sondern hielt daran fest, unbeirrbar.

Schließlich beantwortete er all meine Fragen, wenn auch zögernd. Ich wusste das alles doch längst? Er hatte mir doch ausführlich dazu geschrieben? Ich ließ mich nicht aus dem Feld schlagen und fragte weiter, bis ich die ganze Version des Geschehenen so eindeutig wie möglich vor mir sah.

Er erzählte wieder, wie meine Mutter angerufen hatte, um ihm mitzuteilen, dass sie ihr bisheriges Leben hinter sich lassen würde, inspiriert von den Leuten, die Findhorn in Schottland gegründet hatten, und dass Gott uns helfen würde. Schier endlose Gespräche habe er mit ihr geführt, sie aber dadurch nicht umstimmen können. Er beschrieb, wie er alles allein hatte regeln müssen und meine Mutter ihn immer wieder abgefertigt hatte. Dass sie als Elternteil kein bisschen Verantwortung in irgendeinem Bereich übernommen hatte, nahm er ihr noch immer übel. Wie er so niedergeschmettert dasaß, tat er mir leid, zugleich fühlte ich mich aber auch befreit. Zum ersten Mal in meinem Leben sprach ich mit meinem Vater als Erwachsene und nicht mehr als Kind.

In den folgenden Tagen hallten seine Worte in mir nach. Er hatte es schrecklich schwer gehabt, als meine Mutter nicht mehr da gewesen war. Trotz aller Reibereien war er es gewesen, der geblieben war und mir so etwas wie ein Zuhause geschenkt hatte.

Wir schrieben uns weiterhin Briefe, und unser Kontakt wurde mit der Zeit auch offener. Mein Vater entschuldigte sich bei mir für sein Verhalten und für seine harten Worte. Er schrieb, es tue ihm leid, dass er nicht mitfühlender auf Dinge reagiert hatte, die für mich schmerzhaft gewesen waren. Er liebe mich und hoffe, wir würden ein besseres Band zwischen uns knüpfen.

Manchmal telefonierten wir miteinander. Bei dieser Gelegenheit erzählte ich ihm einmal, wie sehr ich mich über den erneuerten Kontakt mit meinen beiden Elternteilen freute, und auch, dass ich meine Mutter immer besser verstand. Ich hatte begonnen zu begreifen, wie sie sich damals gefühlt und wie anders sie die Dinge erlebt hatte.

Ganz offensichtlich hatte er diese Bemerkung in den falschen Hals bekommen, denn einige Tage darauf erhielt ich einen bösen Brief.

Liebe Sophie,
neben der Wahrheit im Kopf eines Menschen gibt es so etwas wie die Wirklichkeit, wie man sie zum Beispiel aus diesen Papieren und anderen Dokumenten ersehen kann, die du kennst, wie aus den Briefen deiner Großmutter. Ich bin jetzt, mit dreiundsiebzig Jahren, fertig damit.

Zu meiner Verblüffung hatte er mir ihre Scheidungsunterlagen geschickt. Was sollte ich denn damit? Mir wurde ganz kalt, als ich unsere Namen und Geburtsdaten da in den gerichtlichen Dokumenten stehen sah. Wie jung wir damals gewesen waren!

Der Antrag auf Scheidung lag auch bei. Er war auf den 15. November 1979 datiert. So schnell, einen Monat nach dem Auszug meiner Mutter!

Ein solcher Antrag brauchte eine gewisse Vorbereitungszeit, das wusste ich. Mein Vater musste also wirklich sehr schnell gehandelt haben. Warum diese Eile?

7. Kapitel: In Scherben

Nachdem ich jetzt die ganze Geschichte von meinem Vater gehört hatte, wollte ich auch die komplette Version von meiner Mutter hören. Die unzensierte Version. Ich hatte ihr geschrieben, ich sei bereit dafür, ihre Geschichte über »das wichtigste Puzzleteil« – wie sie das genannt hatte – zu lesen.

Und eines Morgens lag er im Briefkasten: der Bericht meiner Mutter.

Am nächsten Morgen winkte ich meinen Töchtern nach, die zur Schule gingen, und öffnete dann den Umschlag: fünfundzwanzig handgeschriebene Seiten, in einen Begleitbrief gewickelt, in dem stand, es sei Zeit für die Wahrheit, und nur die Wahrheit könne uns befreien.

Du sollst wissen, dass man dich unglaublich liebt!

Ich saß auf der Treppe und begann zu lesen. Am 5. Oktober 1979 war meine Mutter in den Zug gestiegen, voller Zuversicht, in Dänemark endlich die Lösung ihrer Probleme zu finden. Sie kam bei dem Mann unter, den sie dort im Sommer 1979 getroffen hatte und zu dem sie seither Kontakt gehalten hatte. Sie schrieb:

Als ich erst einmal in Dänemark angekommen war, machte ich sehr seltsame Erfahrungen.

Sie konnte es kaum erklären, aber es fühlte sich an, als wäre sie nur noch zu zwanzig Prozent da und zu achtzig Prozent in einer »anderen Dimension«. Wie eine Art Trance oder eine Nahtoderfahrung. Sie selbst bezeichnete es als ein »kosmisches Koma«, weil sie keine Ahnung hatte, wie sie es sonst hätte beschreiben sollen.

Wie um alles in der Welt sollte ich das jemals jemand anderem erklären können?

Mein Vater rief sie damals an, um sich zu erkundigen, wie es ihr gehe.

»Sehr gut«, hatte sie geantwortet.

Aber wenn er gewusst hätte, was da ablief, hätte er mich vielleicht sofort in eine geschlossene Anstalt einweisen lassen.

Am 11. Oktober geschah es, schrieb sie. Der Mann, bei dem meine Mutter wohnte – ihr spiritueller Coach –, musste ihr die folgende »empfangene Nachricht« mitteilen:

Bereits zwei Mal hat man dir die Möglichkeit geboten, dich für die geistige Wahrheit in dir selbst zu entscheiden. Nun bekommst du die dritte, aber auch die letzte Chance. Die ist jedoch mit einem Preis verbunden: Du hast eine Aufgabe zu erfüllen, und das wird dir nur gelingen, wenn du bereit bist, alles in deinem Leben loszulassen.

Was?! Mein Blick schoss nur so über die Seiten. Meine Mutter hatte dort zu hören bekommen, sie müsse bereit sein, uns – ihre Kinder – loszulassen.

... denn wenn du zurückgehst, werden dort Kräfte herrschen, die verhindern, dass du deine Aufgabe erfüllen kannst, und dann ist diese Inkarnation umsonst gewesen.

Ich wusste ja, dass ihr Lehrer ein sehr merkwürdiger Mann gewesen war, denn mit ihm sollte meine Mutter später in einer Beziehung leben, auch wenn sie das damals selbst noch nicht wusste. Ich hatte nie zuvor erfahren, was sich damals in Dänemark abgespielt hatte.

Sie schrieb, sie habe nicht glauben können, dass man das von ihr verlangte, doch sie habe an all die Male zurückgedacht, bei denen sie gespürt hatte, dass in der Beziehung zu meinem Vater etwas nicht stimmte, und daran, wie sie dieses Gefühl immer wieder ignoriert hatte. Sie hatte sich so allein gefühlt, als das geschehen war, weil sie es nicht begriffen und auch an sich selbst gezweifelt hatte.

War ich denn überhaupt normal?

Indem sie zuvor ihr Gefühl ignoriert hatte, war sie in eine geistige Isolation geraten und von sich selbst weggetrieben. Völlig hilflos, schon so lange Zeit.

Ihr Gastgeber und spiritueller Coach war – ebenso wie sie – angeblich ebenso überrascht gewesen von dieser weitergegebenen Botschaft.

Offenbar tat er sich sehr schwer damit. Er spielte die Rolle einer neutralen Präsenz, die als Instrument der geistigen Welt gebraucht wurde.

So hatte er es meiner Mutter erklärt. Aber wie genau war das vor sich gegangen? Und wie »neutral« war seine Präsenz wirklich gewesen?

Meine eigenen späteren Erfahrungen mit ihm waren nicht besonders gut gewesen …

Gleichzeitig empfand meine Mutter ein tiefes, unverrückbares Wissen, dass alles wahr war.

Hätte ich nur zwei Körper besessen, dann hätte einer nach Hause zurückkehren und der andere die Aufgabe erfüllen können – worin auch immer sie bestand …

Als mein Vater am Freitag, den 12. Oktober mit der Frage anrief, wann sie am folgenden Tag in den Niederlanden ankommen würde, versuchte sie ihm zu erklären, was los war.

»Du wirst es vielleicht nicht begreifen, aber ich mache hier so viele geistige Erfahrungen, dass ich nicht imstande bin, morgen zu reisen.« Sie schlug vor, sie könne statt am Samstag am Dienstag zurückkommen, dann hätte sie auf jeden Fall noch ein paar zusätzliche Tage. (»Wer weiß, vielleicht würde ich bis dahin mehr verstehen.«) So wäre in gewisser Weise für den Moment der Druck aus der Situation genommen.

Mein Vater wollte nichts davon wissen und rief: »Du kommst ganz einfach zurück!« Danach warf er den Hörer auf die Gabel.

Meine Mutter war völlig verblüfft.

Er selbst war doch auch oft weg!

Diese Nacht wurde zur schwierigsten ihres Lebens.

Am Morgen danach meldete sich mein Vater: »Und, wann kommst du hier an?«

Er konnte unmöglich erfassen oder begreifen, was da vor sich ging. Es ließ sich einfach nicht erklären.

Sie wiederholte nur: »Gib mir noch ein paar Tage, dann komme ich nach Hause.«

Mein Vater wurde böse, richtig wütend, schrie in den Hörer: »Wenn du jetzt nicht wiederkommst, brauchst du überhaupt nicht mehr wiederzukommen!« Dann warf er erneut den Hörer auf die Gabel.

Meine Mutter schrieb, sie habe mit zitternden Beinen dagestanden.

Da war sie also, in einem fremden Land, in einem fremden Haus, bei einem fremden »Herrn«, der sie plötzlich »am Hals hatte«. Es war überwältigend, unbegreiflich, zu hoch, zu groß, zu schwierig. Sie hatte nichts bei sich, nur eine Tasche.

Ich dachte an daheim, ich hörte euch förmlich weinen, schreien. Und ich konnte nichts anderes tun, als Gott um Hilfe zu bitten.

Gott um Hilfe zu bitten? Gott um Hilfe zu bitten?!?!

Ich saß noch immer auf der Treppe und wusste nicht, was ich davon halten oder was ich empfinden sollte. In meinem Kopf herrschte nur Leere.

Hatte mein Vater so etwas nicht auch erzählt? Dass er so unglaublich wütend auf meine Mutter geworden war, als sie zu ihm gesagt hatte, dass Gott uns dreien schon helfen würde?

Ich hatte nicht einmal gewusst, dass sie an Gott glaubte. Und ich wusste auch nicht, ob ich selbst überhaupt an einen Gott glaubte, denn wie konnte ein Gott es nur für eine gute Idee halten, wenn jemand seine Kinder zurückließ?

Am nächsten Tag habe mein Vater wieder angerufen, schrieb meine Mutter.

»Ich habe allen Leuten hier in Den Haag erzählt, dass du deinen Mann und deine Kinder für einen anderen Mann verlassen hast«, verkündete er wütend. »Alle hassen dich, niemand will jemals wieder etwas mit dir zu tun haben, du hast überhaupt nichts und niemanden mehr!«

Danach ließ er ihre Karte sperren und neue Schlösser an unserer Haustür anbringen. Er schickte noch ein wenig Geld und einen Koffer mit Winterkleidung nach Dänemark, und das war es dann.

Ich hätte das selbst nie gekonnt, diesen entscheidenden Schritt machen, aber es war doch geschehen: Das Leben, das ich bis zu diesem Punkt geführt hatte, war mit einem Schlag vorbei.

Am nächsten Tag – während sie kaum erfassen konnte, was gerade geschehen war – lud eine Freundin sie ein, sie in ihr Sommerhaus an der Küste zu begleiten. Dort hatte meine Mutter mehrere Visionen, und kurz danach erreichte sie durch ihren spirituellen Coach die erste »Botschaft«.

Es sei der Beginn einer ganz neuen Zeit gewesen, schrieb sie mir. Die Nachricht, die sie empfangen hatte, war folgende:

»You are not from the earth but you work on it. Open your consciousness, so that we can help you fill it with love and

so that the God in you can be manifested. Working for the spiritual world is not easy, but we will help you. We bless you. Think positively. We are around you. God's blessing to you both.«
(»Du bist nicht von dieser Erde, aber du wirkst auf ihr. Erweitere dein Bewusstsein, sodass wir dir helfen können, es mit Liebe zu füllen, und sodass der Gott in dir sich manifestieren kann. Es ist nicht einfach, für die spirituelle Welt zu arbeiten, aber wir werden dir helfen. Wir segnen dich. Denke positiv. Wir umgeben dich. Gottes Segen euch beiden.«)

Du hast gefragt: Gab es Vorbereitungen? Oder war es eine spontane Entscheidung? Nichts von alldem. Es war ein ganz und gar unerwartetes Ereignis, mit weitreichenden Folgen für unsere Familie, die aufhörte zu existieren, wie vom Blitz getroffen.

Ihr »kosmisches Koma« hatte noch einige Wochen angedauert, die sie in einem tiefen Schlaf verbrachte, unterbrochen durch Augenblicke, in denen sie unaufhörlich schrieb.

Eure kleinen Kinderhände, die ich immer in meinen gefühlt hatte, habe ich so entsetzlich vermisst, als hätte man einen Teil von mir amputiert.
Einerseits trat eine große Stille ein, aber andererseits vollzog sich in meinem Inneren alles wie auf einer Fahrt mit dem Schnellzug; ich erlebte sozusagen ein Reset. Ich suchte Kontakt zu meiner Mutter und meinen Schwestern, aber die glaubten die Geschichte, die ihnen dein Vater erzählt hatte, und wollten nichts mit mir zu tun haben. Nicht einmal meine eigene Mutter glaubte mir!

Sie befand sich in einem tiefen Schockzustand. Von einem auf den anderen Moment war sie allein auf der Welt.

Wie erstarrt saß ich unten auf der Treppe. Es war, als ob alles, woran ich mein ganzes Leben lang geglaubt hatte, mit einem Ruck unter mir weggezogen worden wäre.

Wie hatte mein Vater die Dinge so verdrehen können? Warum, um Himmels willen, hatte er ihr die wenigen zusätzlichen Tage nicht gegönnt? Warum war er nicht selbst nach Dänemark gefahren, um nachzusehen, wie es meiner Mutter ging?

Ich hatte auch so viele Fragen an meine Mutter. Die Sache mit dem »kosmischen Koma« fand ich zwar etwas eigenartig, aber ich war auf eine seltsame Weise auch erleichtert. Sie war also nicht geplant weggegangen, wie ich immer geglaubt hatte. Sie hatte uns also nicht verlassen! Warum erzählte sie das jetzt erst? Ich konnte es kaum glauben. Die Version meiner Mutter war so ganz anders als die Geschichte, mit der ich zu leben gelernt hatte. Es war gerade, als ob sich etwas, was ich immer als »rot« eingeordnet hatte, plötzlich als »grün« herausstellte.

Aber warum sollte ihre Wahrheit weniger »wahr« sein als die meines Vaters? Zwar kannte ich seine Geschichte schon seit meinem fünften Lebensjahr, aber das machte seine Version doch nicht glaubwürdiger als ihre?

Es hätte überhaupt keinen Sinn ergeben, meinen Vater damit zu konfrontieren, das wusste ich. Er hätte nur wütend gerufen, dass alles eine Erfindung sei. In diesem Moment klang die Geschichte meiner Mutter für mich verrückterweise absolut überzeugend. Vor allem fragte ich mich: Warum sollte sie, nachdem wir uns in den vergangenen Monaten in unseren Briefen so intensiv und offenherzig ausgetauscht hatten, nicht die Wahrheit sagen, was das betraf? Am schlimmsten fand ich wahrscheinlich noch den Gedanken, dass uns mein Vater möglicherweise absichtlich in dem Irrglauben hatte bleiben lassen, sie hätte uns nicht gewollt.

Ich las weiter. Meine Mutter hatte kein Geld für einen Anwalt, weil mein Vater ihr Konto hatte sperren lassen. Und weil sie in Gütergemeinschaft geheiratet hatten und man deshalb davon ausging, dass sie über Geld verfügte, wies man ihr auch keinen Pflichtverteidiger zu. Letzten Endes kam meine Mutter in die Niederlande, weil sie einen Anwalt brauchte, der die Scheidungsverhandlungen für sie übernehmen würde.

Ich durfte euch nicht sehen. Euer Vater hatte gesagt, das würde euch zu sehr aufregen. Ich konnte nichts dagegen tun und hoffte, es wäre tatsächlich das Beste für euch. Euch noch weiter in Verwirrung zu stürzen war das Letzte, was ich wollte.

Unsere erste Begegnung nach diesen Vorfällen, im Juli 1980, erlebte sie als herzzerreißend. Sie wohnte in Wassenaar bei den Eltern des Mannes, bei dem sie in Dänemark untergekommen war, ihrem spirituellen Lehrer, mit dem sie inzwischen eine Beziehung führte (und den sie später heiraten und mit dem sie zwei Kinder haben sollte). Sie erinnerte sich daran, dass wir uns im Tierpark Wassenaar zum ersten Mal seit acht Monaten wiedergesehen hatten und dass ich sehr schüchtern gewesen war.

Am Anfang wolltest du gar nicht zu mir kommen. Es schien, als hättest du Angst vor mir und würdest mich nicht mehr erkennen.

Das brach ihr das Herz.

Erst ein paar Monate später sahen wir einander wieder. Die Scheidung war inzwischen abgewickelt. Meine Mutter hatte sich mit einer Verteilung einverstanden erklärt, die ihrem Anwalt zufolge »total unfair« war, aber sie wollte keinen Streit über Geld. Mein Vater sollte ihr in drei Raten einen bestimmten Betrag überweisen, und damit wäre dann alles geregelt. Meiner Mutter zufolge bezahlte er die letzte Rate nicht, und damals schaltete sie auf Anraten ihres neuen Mannes einen Anwalt ein, der das Gehalt meines Vaters in Beschlag nehmen ließ.

Das fand ich schrecklich, aber ich brauchte auch Geld zum Leben. Ich konnte nicht anders. Dein Vater war völlig neben der Spur.

Später sollte mein Vater uns sagen, meiner Mutter – und vor allem ihrem neuen Mann – gehe es nur ums Geld, weil wir mit keinem Wort Erwähnung fanden. Ich hatte die Korrespondenz zwischen meinen Eltern und die finanziellen Regelungen einmal durchgesehen. Dabei hatte mich ein schreckliches Gefühl beschlichen. Mein Bruder und ich waren weniger wert als ein paar Cent, so war es mir vorgekommen.

Eine Woche später kippten meine Gefühle für meine Mutter, denn wie auch immer das alles gewesen war – während sich meine Mutter in Dänemark mit ihrer spirituellen Reise beschäftigt hatte, hatten in Den Haag zwei Kinder in einem Scherbenhaufen gelebt.

Warum hatte es fast neun Monate gedauert, bis wir sie wiedergesehen hatten? Warum hatte sie nicht auf der Türschwelle unseres Hauses kampiert oder uns auf dem Schulhof abgefangen? Warum hatte sie nicht doch eine Möglichkeit gefunden, uns zu sehen? Warum hatte sie sich nicht mehr angestrengt?

Wäre ich an ihrer Stelle gewesen, hätte ich alles, wirklich alles getan, um meine Kinder wiederzusehen. Warum sie nicht?

Ich schrieb meiner Mutter, ich könne die unterschiedlichen Versionen meiner Eltern nicht zusammenbringen, und mir sei ganz schwindlig davon.

Sie schrieb zurück, das verstehe sie, sie liebe mich unendlich und wünsche mir Glück. Jeder habe seine eigene Geschichte, und es würden immer viele unterschiedliche Wahrheiten bleiben.

Sie schickte mir das Armband, das sie am Tag ihres Aufbruchs getragen hatte.

Das Armband kennt die Wahrheit.

Eine liebe Geste, doch was brachte sie mir?

Ich brauchte Zeit, um alles sacken zu lassen, und teilte meiner Mutter das auch mit.

8. Kapitel: »Bald ist es zu spät!«

»Hallo?«, hörte ich meinen Vater sagen.

Und dann hörte ich auch meine Mutter: »Kannst du mir bitte etwas Geld schicken? Ich habe nichts mehr, und das Konto ist gesperrt.«

Ob er sonst vielleicht das blaue Auto verkaufen könne, fragte sie. Sie meinte den blauen Mini Kombi, in dem sie zuvor immer mit uns herumgefahren war.

Kurz darauf hörte ich meinen Vater böse erklären, sie habe kein Anrecht auf irgendetwas. Keine Alimente, nichts, nur die Hälfte des Hauses, aber dessen Wert sei durch die Inflation erheblich gemindert, meinte er zumindest.

»Und mal abgesehen davon«, fuhr mein Vater fort, »du bist abgehauen, und dann soll man dir darüber hinaus noch einen Haufen Geld zukommen lassen?«

Meine Mutter erwiderte, er müsse sie loslassen. »Bitte versuch das, ich liebe dich immer noch, aber es ging einfach nicht mehr.« Sie erklärte, sie habe immer gedacht: Elaine, du bist wahnsinnig, du hast doch alles, was du willst. Endlos lange habe sie es versucht, doch nichts habe ihr dabei geholfen, sich besser zu fühlen, und sie begreife sich selbst auch nicht. Nun müsse sie versuchen, sich selbst zu helfen. »Ich habe den Kindern zwei Karten geschickt, sei bitte so lieb und gib sie ihnen.«

Das wollte mein Vater nicht. »Sie kommen so langsam über den Schlag hinweg. Wenn ich das jetzt alles wieder aufreiße, bekomme ich erst recht Schwierigkeiten. Das begreifst du vielleicht?!«

»Aber wie soll ich es denn sonst angehen?«, fragte meine Mutter verzweifelt.

»Ja, das kann ich dir auch nicht sagen, Schatz. Ich denke, du musst ganz einfach irgendwann herkommen«, meinte mein Vater.

»Aber ich kann nicht mehr zu euch zurück.«

»Nein, das geht tatsächlich nicht«, erwiderte mein Vater.

Vor mir auf dem Küchentisch stand ein altmodischer Kassettenrekorder, den ich mir von unserem Nachbarn ausgeliehen hatte.

Darin wurde das Band abgespielt, das meine Mutter mir in demselben Umschlag geschickt hatte, in dem sich auch das Armband befand. Auf der Kassette war ein Telefongespräch zwischen ihr und meinem Vater von Ende 1979 aufgezeichnet.

Mein Vater hatte mir in einem seiner Briefe mitgeteilt, er habe damals einige Gespräche aufgenommen, und ganz offensichtlich gehörte dieses dazu. Er hatte gesagt, er habe die Aufnahmen weggeworfen. Wie kam es also, dass ich nun eine von ihnen in den Händen hielt?

Meine Mutter hatte keine Ahnung, wie dieses Band bei ihr gelandet war, aber sie hatte es in einer Schachtel voller alter Sachen auf dem Speicher gefunden und gedacht, ich könnte die Kassette vielleicht gebrauchen.

Warum hatte mein Vater diese Aufnahmen überhaupt gemacht? Hatte er meiner Mutter nicht vertraut? Hatte er »Beweismaterial« für den Scheidungsprozess sammeln wollen?

In meinen Augen prickelte es. Es berührte mich, ihre Stimmen zu hören, aus einer so fernen Vergangenheit, die wahrnehmbare Spannung auf beiden Seiten und die Tragik dieser Vorkommnisse. Wie traurig das doch alles war!

Ich drückte auf Stopp. Ich hatte genug gehört. Mit meiner Suche hatte ich gehofft, »die Wahrheit« herauszufinden, aber je mehr ich erfuhr, desto stärkere Bauchschmerzen bekam ich davon. Immer wenn ich dachte, ich hätte den untersten Stein nach oben geholt und würde nun endlich Ruhe finden, kam wieder eine neue Facette der Geschichte nach oben. Diese Suche lief darauf hinaus, dass es nicht nur eine Wahrheit gab. Zwei Elternteile, zwei Geschichten. Ich würde nie wissen, was sich wirklich abgespielt hatte, das begriff ich langsam.

»Sophie, eure Geschichte klingt wirklich wie ein Buch oder ein Film«, meinte meine Freundin Josefine, genannt José, als ich ihr von dem Briefwechsel mit meinen Eltern und von der Kassettenaufnahme erzählte, die aus meiner Sicht den Tiefpunkt der von mir geöffneten Schlangengrube darstellte.

Ich zeigte ihr das Foto, das mir meine Mutter vor Kurzem geschickt hatte – von der blauen Reisetasche, mit der sie am 5. Oktober 1979 in den Zug gestiegen war. Diese Tasche hatte sie immer aufgehoben.

José stiegen Tränen in die Augen. Sie sagte, ich müsse meine Mutter besuchen, ich dürfe es nicht länger vor mir herschieben.

»Du weißt doch nie, was als Nächstes passiert.«

Und dann starb José plötzlich. Es war sehr schlimm, und dieses schreckliche Ereignis rüttelte mich endlich wach. Ich durfte nicht länger warten; ich musste zu meiner Mutter fahren!

Der erste Schritt bestand darin, den Briefwechsel mit ihr wiederaufzunehmen. Das tat ich also. Sie schrieb immer wieder, sie wolle alles tun, was in ihrer Macht stand, um mir dabei zu helfen, mit der Vergangenheit ins Reine zu kommen. Sie schrieb, es sei für sie schrecklich schwer gewesen, als Frau angesehen zu werden, die ihre Kinder verlassen hatte.

Dieser Stempel fühlte sich für mich unerträglich an, aber ich musste ihn akzeptieren, denn niemand glaubte mir.

Sie schrieb, sie finde es abscheulich, dass ich es so schwer gehabt hatte und dass sie diejenige gewesen sei, die mir so viel Schmerz zugefügt habe, indem sie unsere Verabredungen so häufig im letzten Moment abgesagt hatte, als ich ein Kind war. Allerdings konnte sie sich daran kaum noch erinnern. Meine Mutter hatte sich in dieser Zeit in einer Art »Überlebensmodus« befunden, schrieb jedoch, sie wolle nun die Verantwortung für meinen Kummer übernehmen. Ich fühlte mich erleichtert, als wäre etwas von mir abgefallen.

Außerdem erzählte sie mir mehr darüber, wie sie den Kontakt zu ihrer eigenen Mutter langsam wiederhergestellt hatte. Bei ihnen hatte es – genau wie bei uns – also auch Jahre gedauert.

Mit ihren Schwestern war das Thema »die Kinder« tabu geblieben. Meine Tanten hatten – auf meine Bitte hin – immer den Mund gehalten, wenn es um uns gegangen war. Ich hatte ihnen mein Vertrauen geschenkt, und das hatten sie niemals ausgenutzt. Dafür war ich ihnen immer dankbar gewesen.

Wie entsetzlich schwierig muss es für meine Mutter gewesen sein, dass ihre Schwestern alles über uns wussten, sie selbst aber gar nichts? Sie hatte es als sehr schmerzlich empfunden, fand ich nun heraus.

Auf meine Frage, warum sie all diese Dinge über meinen Vater nie erzählt hatte, als wir einander zwischen 2005 und 2008 hin und wieder gesehen hatten, erwiderte sie, sie habe sich nicht getraut. Sie habe solche Angst gehabt, man würde ihr nicht glauben, und noch viel größere Angst, uns wieder zu verlieren.

Außerdem wollte ich verhindern, dass die Beziehung zu eurem Vater gestört wird. Das war eure einzige Basis.

Die Vergangenheit war vorbei, daran konnte niemand mehr etwas ändern, und genau wie ich wollte auch sie in die Zukunft schauen, den Blick auf das richten, was wir noch zusammen aufbauen konnten, auch für meine Kinder, ihre Enkelkinder. Sie war überglücklich über die Gelegenheit.

Meine Mutter hatte auch gewusst, dass immer wieder neue Freundinnen meines Vaters zu uns nach Hause kamen. Einige Dinge über sein stürmisches Liebesleben erfuhr sie allerdings erst Jahre später. So hörte sie von einer ihrer Schwestern, dass sechs Wochen nach ihrem »Aufbruch« bereits eine gewisse Kate mit meinem Vater in ihrem Bett geschlafen hatte.

Hatte er alles inszeniert? Hatte er, indem er alles verdrehte, eine Möglichkeit gefunden, sie so »einfach« loszuwerden? Hatte er sich selbst zum Opfer hochstilisiert, damit alle seine Situation bedauernswert fanden und er sich, ohne dass man ihm das übel nahm, seiner neuen Geliebten widmen konnte?

Das war doch ganz unmöglich! Das wäre doch einfach zu absurd gewesen!

Aber es hatte damals niemanden gegeben, der meinem Vater hätte widersprechen können. Ja, meine Mutter, aber der hatte niemand geglaubt.

Dass das Ganze so eskaliert war, als mein Vater uns 1984 nach unserem Brief bei ihr abgeholt hatte, hatte sie als traumatisch empfunden. Sie wusste noch bis in alle Einzelheiten, wie es abgelaufen war.

Mein Bruder hatte schon im Auto gesessen, als mein Vater ins Haus gekommen war, um auch mich zu holen. Meine Mutter (die damals mit ihrem vierten Kind schwanger war) hatte verzweifelt versucht, das zu verhindern. Daraufhin hatte mein Vater in blinder Wut auf sie eingeschlagen.

Das Bild, wie du mit den Händen vor den Augen dabeistandst und riefst: »Mama, nein, Mama!«, ist mir noch in die Netzhaut eingebrannt.

Als Nächster war ihr neuer Mann, der ihr zu Hilfe gekommen war, an der Reihe, eine Tracht Prügel zu beziehen.

Danach rannte dein Vater mit dir zum Auto und schrie, er wünsche mich in die tiefste Hölle und hoffe, ich würde dort auf ewig schmoren. Und dass ich euch nie wieder zurückbekommen würde, es gar nicht zu probieren brauche. »Du hast doch sowieso kein Geld, und ich kann mir die besten Anwälte leisten!« Dann fuhr er mit Vollgas in dem großen gelben Volvo aus meinem Leben.

Meine Mutter war völlig außer sich zurückgeblieben.

Später erfuhr sie, dass mein Vater die Polizei schon im Vorfeld eingeschaltet und hinterher alles verdreht hatte, indem er behauptete, meine Mutter und ihr Mann hätten ihn angegriffen. Was für eine Hölle, für alle Beteiligten!

In dieser Geschichte gab es nur Verlierer. Und welche Gewalt sich da abgespielt hatte!

Ich versuchte mich zu erinnern und konnte vage vor mir sehen, wie mich mein Vater manchmal im Haus jagte. Meiner Mutter zufolge hatten wir früher manchmal erzählt, dass mein Vater uns hin und wieder schlug, was sie im Übrigen auch mit eigenen Augen gesehen hatte, als er uns einmal bei ihr abgeholt hatte. Meine Mutter war schockiert gewesen, aber nichts zu sagen gewagt.

Hatte sie damals genauso große Angst vor ihm gehabt wie ich, die noch als Erwachsene seine Reaktionen fürchtete?

Traumatische Ereignisse, das wusste ich, können für ein kleines Kind so überwältigend und stressig sein, dass sie sich in dem Augenblick selbst nicht verarbeiten lassen, sondern verdrängt werden. Das Kind speichert dann keine bewusste Erinnerung ab, aber die Erfahrung, wie es sich anfühlt, wird trotzdem im Gehirn festgehalten. Danach treibt sich eine solche unverarbeitete Erfahrung irgendwo im Körper herum und beeinflusst ständig, ohne dass man das selbst weiß, die Gedanken, das Verhalten und das Gefühl. In dem Augenblick, in dem man als erwachsener Mensch etwas erlebt, was auch nur im Entferntesten diesem alten verdrängten Schmerz ähnelt, schlägt das Gehirn heftig Alarm – Gefahr! –, und sofort wird eine Überlebensstrategie aktiviert.

In meinem Fall gab mir mein Gefühl in solchen Momenten ein: Weg hier! Obwohl dann natürlich in keiner Weise von einer lebensbedrohlichen Situation die Rede sein konnte, fühlte sich das für mich trotzdem so an.

Noch immer versuchte ich zu vermeiden, dass Leute böse wurden und zu schreien anfingen. Das betraf nicht nur meinen Vater. Wenn jemand auch nur ein klein wenig die Stimme erhob, war ich sofort auf der Hut. Wenn sich meine Töchter ein bisschen zankten, musste das sofort beschwichtigt werden, als könnte die Situation jeden Moment außer Kontrolle geraten.

Ob das vielleicht mit dieser Erfahrung von damals zu tun hatte? Ich musste es mit meiner Mutter besprechen.

An diesem Nachmittag machte ich einen kurzen Spaziergang im Wald. Und während ich da auf einer Bank unter einem Baum saß und das vergangene Jahr Revue passieren ließ, liefen mir plötzlich die Tränen über die Wangen. Ich war so dankbar für den neuen Austausch mit meiner Mutter und für die Verbindung, die ich zu ihr spürte. Ich dachte daran, wie ich mir früher manchmal gewünscht hatte, sie solle lieber tot sein. Das wäre so viel »einfacher« gewesen! Jedenfalls war es mir besser erschienen als eine Mutter, die mich nicht mehr wollte. Aber mein Gott, wie froh war ich nun, dass es sie noch gab, dass sie lebte und dass unsere Beziehung eine zweite Chance erhalten hatte.

Ich beschloss, endlich auf José zu hören, die bis zu ihrem Tod immer wieder gedrängt hatte: »Fahr zu deiner Mutter! Bald ist es zu spät!«

Als ich meine Mutter fragte, wie sie einem Gespräch gegenüberstehe, antwortete sie:

Sobald die Zeit für dich reif ist, freue ich mich sehr, wenn du kommst. Du sollst wissen, dass du immer herzlich willkommen bist!

Direkt danach schickte mir meine Mutter ein Foto mit zwei Kaffeetassen darauf. Die habe sie bereits für uns hingestellt, erklärte sie.

Einen Tag später teilte ich meiner Mutter mit, ich wolle sie gern sehen.

9. Kapitel: Das Wiedersehen

Wir einigten uns auf ein Datum, und je näher das rückte, desto deutlicher wurde mir bewusst, warum ich diese Angelegenheit immer wieder vor mir hergeschoben hatte. Bis dahin hatte ich unseren Briefkontakt für mich behalten. Es gab zwar einige Freundinnen, die davon wussten, aber ich hatte es mit voller Absicht bei vagen Informationen belassen. Die Schwestern meiner Mutter und der Rest meiner Familie wussten von nichts. So konnten wir in aller Ruhe und ohne Topfgucker herausfinden, wie es zwischen uns stand. Es war ein Prozess des Hinfallens und Wiederaufstehens, der Annäherung und der Distanzierung, und das an sich war schon schwierig genug, auch ohne Einmischung von außen.

Ich hatte große Angst davor, durch meinen Besuch alles, was zwischen uns entstanden war, zu zerstören. Angst davor, unser Gleichgewicht zu verlieren, die Magie unseres Abstands auf Papier zu durchbrechen. Würde bei einer richtigen Begegnung auch alles so schön und angenehm verlaufen? Ich hätte es nicht ertragen, sie noch einmal zu verlieren.

Und dann war es so weit: Auf nach Drenthe! Ein strahlender Sommertag, früh am Morgen. Ich hatte mir längere Zeit Gedanken darüber gemacht, was ich anziehen sollte. Als ob das wichtig gewesen wäre! Letzten Endes entschied ich mich für einen schwarzen Rock, ein schwarz-weiß gestreiftes T-Shirt und meine weißen Superga-Turnschuhe.

Die Fahrt, die etwa zwei Stunden hätte dauern sollen, nahm insgesamt über vier Stunden in Anspruch, weil ich bei fast jeder Tankstelle anhielt, um Kaffee zu trinken. Außerdem verfuhr ich mich trotz Navi einige Male. Du liebe Güte, wie nervös ich doch war!

Je näher ich meinem Ziel kam, desto mehr verließ mich der Mut. Unmittelbar bevor ich das Haus meiner Mutter erreichte, hielt ich den Wagen kurz an. Ich versuchte, ruhig zu atmen und zu mir selbst zu kommen. Ich sprach mir Mut zu und sagte mir, ich sei schon so weit gekommen und das hier sei nur der letzte Schritt.

»Weg mit der Angst!«, rief ich laut und startete den Motor wieder.

Als ich das Haus meiner Mutter erreichte, die Arme voller Geschenke und Blumen, hing die Flagge aus dem Fenster, und meine Mutter stand mit einer Blume in der Hand draußen und wartete auf mich. Sie trug ein langes zartlila Kleid. Wie lange sie wohl schon dort stand?

Ich stieg aus dem Auto, und wir umarmten einander. Das fühlte sich seltsam an, aber auch schön. Dann setzten wir uns auf die blaue Holzbank im Garten. Auf dem kleinen Tisch lag eine rosa Decke, darüber eine weiße mit Blumenstickmuster. Mitten auf dem Tisch prangte ein hübscher Strauß aus dem Garten. Die Kaffeetassen, die ich vom Foto kannte, standen bereit.

Ich dachte daran, was ihre frühere Freundin Hilde über meine Mutter gesagt hatte: dass sie die Gabe besaß, mit minimalen Mitteln eine angenehme, warme Atmosphäre entstehen zu lassen. Alles sah so gemütlich aus, und ich fühlte mich willkommen. Meine Mutter hatte Apfelkuchen zum Kaffee gemacht, und es schmeckte herrlich.

Auf dem Tisch stand auch eine Schachtel mit allen Briefen, die meine Mutter jemals meiner Großmutter geschrieben hatte, alle auf diesem hauchdünnen blauen Luftpostpapier. Meine Großmutter hatte alles aufgehoben.

Erst fühlte sich das Ganze etwas ungewohnt an, gleichzeitig jedoch überraschend vertraut, als würden wir »einfach« weitersprechen, aber nun persönlich statt auf dem Papier. Wir schwatzten und schwatzten, wir konnten gar nicht mehr aufhören zu reden. So viel war bisher ungesagt geblieben.

Irgendwann hatte mein Vater meine Mutter einmal gefragt, ob ich nicht bei ihr wohnen könne, weil er es nicht länger »schaffe«. Meine Mutter hatte sich gefreut und sich sofort auf die Suche nach Schulen in der Umgebung gemacht, bis ihr mein Vater mitteilte, es werde doch nichts daraus, ohne ihr einen Grund dafür zu nennen. Hatte sie das Jahre später gemeint, als sie andeutete, mein Vater habe mich bei ihr abladen wollen?

Außerdem erzählte sie mir, sie habe jahrelang den Kontakt zu Kindern in unserem Alter vermieden, denn in ihrer Gegenwart habe sie sich verloren und wie gelähmt gefühlt.

»Ich trug einen riesigen Kummer in mir, von dem niemand etwas ahnte, der mir begegnete. Einen Kummer, bei dem ich mir keinen Rat wusste.«

Doch sie hatte sich immer gedacht: Irgendwann kommt eine Zeit, in der ich alles erklären darf. Und dann hatte ich ihr die Karte mit meiner Frage geschickt.

»Ich war so unendlich froh darüber, dass du das von mir wissen wolltest.«

Meiner Mutter war es auch wichtig, dass ich wusste, wie dankbar sie trotz allem noch immer für die Zeit war, die mein Vater und sie miteinander verbracht hatten. Sie hatten gemeinsam viele schöne Dinge unternommen, schöne Reisen gemacht und auch viel gelacht. Sie wollte, dass ich wusste, dass sie ihn (und unsere Familie) sehr geliebt hatte.

Das hatte auf Gegenseitigkeit beruht, denn mein Vater hatte mir erzählt, wie schamlos seine Eltern meine Mutter bei deren erstem Besuch ignoriert hatten und wie schlimm er das fand. Auch er war also offensichtlich sehr verliebt in sie gewesen.

Ich fragte sie, ob ihre zweite Ehe ihr denn gebracht habe, was sie sich erhofft hatte. Sie erklärte, sie habe auf spirituellem Gebiet viel von ihrem zweiten Mann gelernt und vermisse ihn immer noch. (Er war einige Jahre zuvor verstorben.)

Sie zeigte mir einen Brief aus dem Jahr 1992. Dieses Schreiben, das an mich gerichtet gewesen war, hatte man ungeöffnet an sie zurückgeschickt. Ich war damals in die Molenstraat umgezogen, aber davon hatte meine Mutter natürlich nichts gewusst. Sie hatte den Brief nach unserem dramatischen Telefongespräch verfasst, an dessen Ende ich den Hörer auf die Gabel geworfen hatte.

Es war ein lieber Brief, in dem sie schrieb, dass sie verstehe, wie schwierig es für mich sei, aber auf mich warten werde. Darin stand auch, dass ich immer willkommen sei. Sie musste geglaubt haben, ich selbst hätte den Brief ungeöffnet zurückgeschickt. Als mir das bewusst wurde, bildete sich ein Kloß in meinem Hals.

Meine Mutter erzählte, sie habe von ihrer Mutter, meiner Großmutter, erfahren, dass sie noch hin und wieder zu uns nach Hause komme. Jedes Mal sei meine Großmutter über die Verwahrlosung bei uns erschrocken. Es tue ihr im Herzen weh, sagte sie zu meiner Mutter; alles sei dort kahl, grau und zugleich chaotisch, und für uns Kinder interessiere sich niemand wirklich. Meine Großmutter wagte dennoch nicht, sich einzumischen, weil sie fürchtete, mein Vater würde sämtlichen Kontakt zu ihr abbrechen, und dann hätte sie überhaupt keine Verbindung mehr zu uns.

Meine Mutter erzählte mir auch, dass meine Großmutter später – als wieder Kontakt zwischen ihnen beiden bestand – zu ihr gesagt hatte: »Du warst unser Versuchskaninchen, an dir haben wir als Eltern geübt und versucht, alles zu lernen. Richtige Liebe haben wir dir nicht schenken können. Wie hättest du sie weitergeben können, wo du sie doch selbst nicht empfangen hattest?«

Für meine Großeltern galt vielleicht in gewisser Weise dasselbe. Meine Großmutter, die bereits in so jungen Jahren – mit elf – ihre Mutter verloren hatte und mit achtzehn Jahren zur Waise geworden war. Und mein Großvater, der im Stehen am Tisch hatte essen müssen und dabei kein Wort hatte sprechen dürfen. Wie viel Liebe hatten sie eigentlich im Leben erfahren?

Nach diesem ersten Besuch fuhr ich häufiger zu meiner Mutter und blieb sogar manchmal über Nacht bei ihr. Das war ein ganz schöner Schritt. Ich lag dann stundenlang wach und dachte an die Zeit, die ich als Kind hier verbracht hatte. Dabei kamen keine konkreten Erinnerungen hoch, nur dass wir früher hinten im Garten meiner Mutter immer Berge von Brombeeren gepflückt hatten.

Ich übernachtete gern bei ihr, weil sich dadurch etwas mehr Zeit füreinander ergab, denn wir hatten immer noch unendlich viel zu besprechen. Auch Dinge, die wir schon in den Briefen behandelt hatten, wurden erneut zum Thema.

Zum Beispiel das Ereignis im Jahr 1984. War das Wegholen nun etwas Gutes oder etwas Schlechtes gewesen?

Und auch ihren Weggang im Jahr 1979. Das war ein schwieriges Gespräch. Sie blieb dabei, dass sie uns nicht verlassen habe. Es sei mein Vater gewesen, der ihr die Rückkehr verboten habe.

Damit konnte ich überhaupt nicht mehr umgehen. Denn wie man es drehte und wendete, was mein Vater auch gesagt und getan hatte, *sie* war doch nicht zurückgekommen? *Sie* hatte nicht vor unserer Tür gestanden und so lange geklingelt, bis man ihr aufmachte. *Sie* hatte keinen Gerichtsprozess gegen meinen Vater angestrengt, als er im Juli 1984 ausrief, sie werde ihre Kinder nie wieder zurückbekommen. *Sie* hatte nicht um uns gekämpft.

Ich spürte, wie aus meinem tiefsten Inneren eine enorme Wut nach oben stieg. In meinen Ohren begann es zu brausen, und ich fühlte, wie ein Adrenalinstoß meinen ganzen Körper durchjagte. Ich versuchte, Ruhe zu bewahren, doch in mir schrie alles: Nichts wie weg hier! Ich wollte meine Sachen packen und nie wieder zurückkommen. Aber Weglaufen hatte keinen Sinn. Und außerdem: Was da nun an die Oberfläche kam, war alter Schmerz, das wusste ich.

»Du wirst jetzt nicht aufstehen und weglaufen«, redete ich mir selbst zu. »Du bleibst hier auf der Bank sitzen und bewahrst einen kühlen Kopf.« Das funktionierte.

Beide versuchten wir zu retten, was noch zu retten war. Aber an diesem Abend ließ sich nichts mehr retten. Wir gingen beide schlafen, weil uns nichts anderes übrig blieb.

Am nächsten Morgen wünschte ich mir, wir würden wieder normal miteinander umgehen, wieder in diesen gemeinsamen warmen, geschützten Raum eintreten können, aber offensichtlich stand dem noch etwas im Wege. Vor meinem Herzen hatte sich ein Schutzschild aus Wut gebildet. Dass ich mich verschloss und entzog, wenn ich mich verletzt fühlte, kannte ich schon von mir. Aber jetzt gerade wusste ich nicht, wie ich diesen Schutzschild hätte entfernen sollen. Ich versuchte es also erst einmal gar nicht und dachte an das kleine Mädchen, das ich einmal gewesen war, und daran, wie sehr die kleine Sophie genau diesen Mechanismus benötigt hatte, um überleben zu können. Diese von Milde geprägte Sichtweise half bereits etwas. Als ich losfahren musste, umarmten meine Mutter und ich einander, mit dem Schutzschild noch zwischen uns.

Eine Woche später traf ich mich mit Nina zum Essen und erzählte ihr, was geschehen war. Sie reagierte folgendermaßen: »Na also, dann hast du diesen Streit mit deiner Mutter jetzt auch gehabt. Das gehört zu einer Mutter-Tochter-Beziehung dazu.« Und dann mussten wir schallend lachen.

Wie es bei unserem Kontakt bisher immer gewesen war, wurde es auch jetzt wieder gut zwischen meiner Mutter und mir. Endlich konnte ich mehr oder weniger akzeptieren, dass ich auf meine Frage nach dem Warum keine befriedigende Antwort erhalten hatte und diese auch nie erhalten würde. Unsere Leben waren durch ein Zusammenkommen verschiedener Umstände so verlaufen, wie sie verlaufen waren, und meine Mutter war – genau wie ich – ebenfalls ein Opfer ihrer Kindheit gewesen. Der alte Kummer würde hin und wieder in mir aufsteigen, und dann würden wir gemeinsam damit umgehen.

Außerdem wurde mir nun bewusst, dass die Angst, die ich immer wieder davor gehabt hatte, sie erneut zu verlieren, ein Echo aus meiner Vergangenheit war. Indem ich krampfhaft versucht hatte, unseren Kontakt »in einer guten Weise« aufrechtzuerhalten, war ich wieder das kleine Mädchen geworden, das mit aller Kraft zu verhindern versuchte, dass seine Mutter wegging.

In Wirklichkeit war sie natürlich längst gegangen, nämlich damals, als ich fünf gewesen war. Und im Hier und Jetzt gab es nichts, was das noch hätte verhindern oder rückgängig machen können. Dieses Loch ließ sich nicht mehr füllen, aber das war auch nicht mehr nötig. Dadurch entspannte sich unser Umgang miteinander noch weiter. Wir versprachen einander, dass wir immer offen für einen Kontakt bleiben und die Dinge immer besprechen würden, solange das nötig war.

Irgendwann in dieser Zeit fand ich noch einen Brief von mir an meinen Vater vom Juli 1984. Es war ein fröhlicher Brief, in dem ich ihm erzählte, wir seien an diesem Tag in Slagharen gewesen und geschwommen, und dann erzählte ich noch etwas von einem Ponyhof. Erst dann fiel mein Blick auf das Datum: 24. Juli 1984. *Was?* Der 25. Juli 1984 war der Tag gewesen, an dem mein Vater uns zum letzten Mal in Drenthe abgeholt hatte. Unser Brief mit dem Hilfeschrei war also vom 23. Juli gewesen?

Als ich das las, fragte ich mich: Wie viel hatte damals eigentlich im Argen gelegen? Was, wenn mein Vater an diesem Morgen einfach gekommen war, den Brief meiner Mutter vorgelesen und gefragt hatte, was er zu bedeuten habe? Was, wenn sie sich wie Erwachsene zusammen an einen Tisch gesetzt und das Ganze miteinander besprochen hätten?

Aber so war es nicht abgelaufen. Die Situation war eskaliert, und ich schließe nicht aus, dass die ganze Frustration und Wut, die mein Vater über ihren Weggang und darüber empfunden hatte, dass er alles allein hatte regeln müssen, an diesem Morgen auf einmal aus ihm herausgebrochen waren. Wie unendlich traurig! Wie hatte er sich wohl gefühlt, als er danach diesen fröhlichen Brief von mir erhielt?

Und dann kann der Muttertag, der allererste Muttertag, den wir nach all den Jahren zusammen feierten. Wir feierten, dass wir beide Mütter waren und dass wir einander wiedergefunden hatten. Meine Mutter schenkte mir einen Topf mit einer Staude Mutterkraut, das im Garten meiner Großmutter gewachsen war, bei dem Haus, in dem meine Mutter ihre Kindheit verlebt hatte. Als meine Mutter zum allerletzten Mal dort gewesen war, nach dem Tod meiner Großmutter, hatte sie ein wenig davon mitgenommen, und seitdem wuchs es in ihrem eigenen Garten. Der Gedanke, dass dasselbe Mutterkraut bald in unserem Garten wachsen sollte, rührte mich.

Daheim erkundigten sich meine Töchter: »Und, Mama? Wie war's?«

»Es hat sich angefühlt wie Nachhausekommen.«

Und ich umarmte sie.

10. Kapitel: Mein eigener Weg

Jetzt, wo ich mehr oder weniger Frieden mit meiner Vergangenheit geschlossen hatte, war es an der Zeit, mir selbst einen Spiegel vorzuhalten: Wie stand es denn um mein eigenes Muttersein? Ich fühlte mich noch so oft schuldig wegen der schlimmen Dinge, die ich als Mutter getan hatte. Dann glaubte ich, das Leben unserer Kinder ein für alle Mal ruiniert zu haben.

Livia sagte in solchen Momenten immer: »Niemand ist perfekt.«

Ihre nüchterne Sichtweise der Dinge tat mir gut.

»Und natürlich hast du auch sehr viel richtig gemacht. Das habe ich schließlich mit eigenen Augen gesehen. Sophie, wirklich, du hast einfach alles für die beiden getan. Vielleicht sogar manchmal etwas zu viel?«, kommentierte sie lachend.

Aber wenn ich zugäbe, auch Gutes für die Mädchen getan zu haben, würde das so wirken, als wollte ich ihre schlimmen Erlebnisse als weniger schlimm darstellen. Man konnte die Dinge doch nicht gegeneinander aufrechnen und dann zu dem Schluss kommen, dass es insgesamt »gar nicht so übel« gewesen war?

Und natürlich hatte auch ich in meiner Kindheit und Jugend viele Schäden davongetragen, aber wer hatte das nicht? Das war keine Entschuldigung. *Ich* war hier die Erwachsene.

Ich hätte die Weise von uns sein, es besser wissen müssen. Schluss, aus.

Nach solchen bösen Ausbrüchen gegenüber meinen Töchtern steigerte ich mich oft in eine Stimmung hinein. Ich regte mich darüber auf, dass ich eine schlechte Mutter war, und schämte mich deswegen, bis Anna und Julia sagten: »Es ist schon okay, Mama.« Als wären sie die Eltern und ich das Kind, das es zu beruhigen galt. Dann erinnerte ich mich daran, was ich in einem der Büchlein meines Vaters gelesen hatte: dass ich damals, wenn mein Vater von der Arbeit nach Hause kam, Pantoffeln und Zeitung für ihn holte. Als würde ich für ihn sorgen, wie eine Mutter für ihr Kind. Und darüber legte sich blitzschnell das Bild meiner Mutter, die ihrem Vater eine Tasse Tee nach der anderen brachte und stundenlang neben ihm saß, weil sie hoffte, ihn aufmuntern zu können.

Die Geschichte hatte sich gnadenlos wiederholt. Trotz all meiner guten Absichten und der Vorsätze, es anders und vor allem besser als meine Eltern zu machen, hatte ich meine Kinder in genau das gleiche Muster gepresst.

Wie traurig!

Ewig lange hatte ich den Tag mit dem feierlichen Versprechen begonnen: Heute werde ich nicht gereizt oder wütend reagieren. Häufig war das schon innerhalb der ersten Stunde des Tages schiefgegangen, und ich hatte mich wieder wie die schlimmste Mutter auf diesem Planeten gefühlt. Ein abscheulicher, sich immer wiederholender Zyklus, aus dem ich nicht schaffte herauszutreten. Wie hatte ich mich angestrengt, mein Bestes zu geben, bis ich umgefallen war!

Inzwischen hatte ich begriffen, dass es bei der Wut, die ich noch immer spürte, überhaupt nicht um unsere Töchter ging.

Diese Wut beschützte mich, noch immer, gegen den Schmerz und den Kummer des Mädchens, das ich war. Doch das, was einmal als Überlebensmechanismus ganz großartig funktioniert hatte, hatte sich inzwischen zu etwas Destruktivem entwickelt: Meine Wut hatte mich damals beschützt, fügte jedoch nun meinen Kindern Schaden zu.

Diese Erkenntnis war ebenso tragisch wie erhellend. Sie warf ein neues Licht auf meine Familiensituation. Ein trauriges Licht, das wohl, aber es gab mir auch eine gewaltige Motivation, das Ganze anzugehen. Denn ich konnte selbst etwas unternehmen, um meine Situation zu verändern. Das bedeutete, immer wieder, bis zum heutigen Tag, meine eigene Rolle zu betrachten und mir zu überlegen, wie ich die verändern könnte, sodass die Mädchen nicht länger mit dem belastet wurden, was ich geerbt hatte.

Auch eines anderen Erbteils wurde ich mir erst vor Kurzem bewusst, auch dessen, was das meine Kinder gekostet hat. Bis dahin war es ein blinder Fleck gewesen, denn ich hatte mir immer wieder eingeredet: Seinen Kindern kann man gar nicht zu viel Liebe schenken, oder?

Im Rückblick denke ich nun, dass ich – aus meinem eigenen alten, unerfüllten kindlichen Bedürfnis nach Aufmerksamkeit, Liebe und Kontakt heraus – Anna und Julia eine Überdosis davon verpasst habe. Selbstverständlich mit den allerbesten Absichten, aber ich sehe nun, dass es auch erschreckend gewesen sein muss und dass ich wie eine Art Glucke den ganzen Tag auf den beiden hockte.

Ich glaube sogar, dass ich zwar wirklich dachte, es gehe mir immer nur um die beiden, dass es dabei aber eigentlich – oder zumindest auch – um mich selbst ging. Ganz offensichtlich

ist auch nicht nötig, aber ich kann sehr wohl verändern, wie meine Vergangenheit meine Gegenwart beeinflusst. Es gibt einen Ausweg! Dass das auch für meine Kinder gilt, verschaffte mir ein großes Gefühl der Erleichterung und das tut es immer noch. Es besteht Hoffnung, auch für die beiden.

Ende 2015 hatte ich mich von meinem Burn-out erholt. Ich hatte mein Muster des Durchhaltens durchschaut: Wenn ich nur … dann wird alles gut. Und ich hatte begriffen, dass sich das Loch von damals nicht im Nachhinein füllen ließ. Zu dem Rezept für meine Genesung gehörten außerdem: Akzeptanz, Freimachen von Schuld, Zeit, Ruhe, Geduld, Verständnis, Mitgefühl, Sanftheit und Humor.

Während der Phase des Wiedereinstiegs auf der Arbeit kam ich zu dem Schluss, dass mir mein Beruf nicht mehr die Erfüllung schenkte, nach der ich suchte. Zusammen mit der Betriebsärztin besprach ich die Möglichkeiten, meinen Traum – eine eigene PRI-Coaching- und Therapiepraxis – Wirklichkeit werden zu lassen. Das habe ich keinen Augenblick bereut. In meiner Praxis arbeite ich inzwischen täglich mit Menschen, die mit Fragen kämpfen, von denen fast alle ihren Ursprung in »ihrer Geschichte« haben. Ich helfe ihnen dabei, Einsichten in ihre Gedanken, ihre Gefühle und ihr Verhalten zu gewinnen. Und ich vermittle ihnen die Werkzeuge, die sie in ihrem restlichen Leben selbst dazu einsetzen können, genau wie ich das Hier und Jetzt als das zu sehen, was es wirklich ist, ohne Filter. So gebe ich die Hoffnung und die Perspektive, die ich einmal einfach so in den Schoß geworfen bekam, wieder weiter.

»When we are ashamed, we can't tell our stories. And stories are the foundation of our identity«, hörte ich Griet op de Beeck den amerikanischen Journalisten Andrew Solomon zitieren, als ich eine Lesung über ihr neuestes Buch besuchte. »Wenn wir uns schämen, können wir unsere Geschichten nicht erzählen. Und diese Geschichten sind die Grundlage unserer Identität.«

Das fand ich wunderschön, weil ich es ganz und gar wiedererkannte. Ich habe mich mein ganzes Leben lang geschämt: dafür, dass meine Mutter weggelaufen war, aber auch dafür, dass sie mit einem spirituellen Guru abgehauen war, denn das war in dieser Zeit (und ist es übrigens bis heute) mit einem riesigen Tabu behaftet. Ich schämte mich, weil ganz offensichtlich etwas ganz und gar nicht in Ordnung mit mir war – sonst würde einem doch die eigene Mutter nicht weglaufen? Ich schämte mich dafür, kein richtiges Nest zu haben, und an Feiertagen wurde dieses Gefühl noch einmal schlimmer als sonst. Ich schämte mich für meine Einsamkeit, für meine phasenweise düstere Stimmung, für meine Unfähigkeit, etwas aus dem Leben zu machen, obwohl ich doch alles hatte, was dafür nötig gewesen wäre. Ich schämte mich dafür, mein prächtiges Leben nicht in vollen Zügen genießen zu können. Ich schämte mich für meine Wut. Ich schämte mich für alles.

Obwohl meine Mutter zu verlieren etwas war, was mir zugestoßen war, hatte ich das Gefühl, das verbergen zu müssen, als wäre es etwas Schlimmes, als wäre ich böse. Ich wollte vor allem normal sein, wie alle anderen.

Wie tief verwurzelt diese Scham und diese Verdrängung saßen, hat mich verblüfft. Erst als ich es wagte, meine Geschichte offen und ungeschützt zu zeigen, im wahrsten Sinne des Wortes, konnte ich sie als das sehen, was sie war: Sie war mir zugestoßen, aber sie machte mich nicht aus. Ein Nebeneffekt der Tatsache, dass ich nun Authentisches mit anderen teilte, über meine Kämpfe, meinen Mangel an Perfektion und meinen Zusammenbruch im Burn-out sprach, bestand darin, dass auch andere ihre Geschichten mit mir teilten.

So einfach war das also. Die Verbindung, die ich immer gesucht hatte, hatte in dieser ganzen Zeit vor mir gelegen. Ich lernte auch Milde, mir selbst und anderen gegenüber. Man weiß nie, was ein anderer Mensch gerade durchmacht und was hinter ihm liegt.

Du lieber Himmel, wie sehr wünschte ich mir, dass mich früher jemand gefragt hätte: »Wie läuft es eigentlich bei euch daheim, so ohne Mutter?« Und dass sich dieser Jemand dann nicht mit meinem »Prima« als Antwort zufriedengegeben hätte. Und wie sehr hätte ich es meinen Kindern und mir selbst als Elternteil gegönnt, dass jemand bei uns geklingelt und gesagt hätte: »Weißt du, ich höre dich ganz schön oft mit deinen Kindern herumschreien. Kann ich vielleicht irgendwie helfen?« Jemand, der sich nicht seine Meinung über uns gebildet und uns verurteilt hätte, sondern der zugehört und mir eine helfende Hand gereicht, mir beim Finden einer Lösung geholfen hätte. Wie sehr hätte ich mir das gewünscht, denn ich konnte damals keinen Ausweg sehen.

Lassen Sie den anderen Menschen nicht in seinem Unglück sitzen, schauen Sie nicht weg, sondern bieten Sie ihm Ihre Hilfe an. Kinder können nirgendwohin, und den Eltern ist oft auch nicht klar, wie sich die Situation in den Griff bekommen lässt. Wenn Sie selbst so (oder irgendwie anders) festsitzen und Ihre Situation ändern wollen, dann lautet mein Rat: Fassen Sie Mut, und schauen Sie sich um. Es ist nicht der Inhalt der Schlangengrube, unter dem wir leiden, es ist nur der Deckel. Öffnen Sie ihn, und gehen Sie das Ganze an. Und machen Sie sich bitte klar: Was auch immer es ist, es ist nicht Ihre Schuld!

Auch Sie sind ein Produkt Ihrer Kindheit. Daran kann man etwas ändern, und Sie sind sicher nicht der einzige Mensch, dem es so geht. Außerdem brauchen Sie die Veränderung nicht allein in Angriff zu nehmen: Es gibt Hilfe! Und wenn Sie versehentlich etwas Falsches getan haben, können Sie dafür die Verantwortung übernehmen und um Verzeihung bitten.

Und wenn Sie das können, können Ihre Kinder das bald auch! So lässt sich gemeinsam der Kreislauf durchbrechen, in dem wir alle gefangen zu sein scheinen: Wir brauchen das Erbe unserer eigenen jungen Jahre nicht an unsere Kinder weiterzugeben, sondern können aus diesem Kreislauf heraustreten.

Es ist nie zu spät.

Der Kontakt mit meiner Mutter ist noch immer sehr gut; wir schicken uns wöchentlich Nachrichten über eine App und sehen einander regelmäßig – auch wenn das nicht so oft passiert, wie ich das gern hätte, denn leider wohnt sie nicht gerade um die Ecke, und auch ihre Gesundheit lässt zu wünschen übrig. So wurde ein halbes Jahr nach unserem Wiedersehen Schilddrüsenkrebs bei ihr festgestellt. Ich dachte wirklich: Das muss ein Scherz sein, das kann doch nicht stimmen? Haben wir einander also nach all den Jahren endlich wiedergefunden, und jetzt das?

Zum Glück verlief alles gut, und die Krankheit scheint nun unter Kontrolle zu sein. Außerdem kämpft sie schon seit Jahren mit einer Lyme-Borreliose, weshalb sie häufig müde ist und allerlei diffuse Beschwerden hat. Aus diesem Grund ist für mich jeder Augenblick, den wir einander sehen können, so wertvoll wie ein Schatz.

Der Kontakt mit meinem Vater verläuft zum Glück auch

immer besser. Wir beide tun unser Bestes, und in schwierigen Phasen versuche ich mir immer bewusst zu machen, dass jeder seinen eigenen Rucksack voller Steine mit sich herumträgt. Auch er.

Ich bin froh darüber, sie alle beide wieder in meinem Leben zu haben, weil ich dadurch zu einem vollständigeren Menschen werde. Auch wenn das oft »suchen und daran arbeiten« bedeutet. Außerdem bin ich froh, dass meine Töchter wissen, wer ihre Großeltern sind, und dass sie wissen, woher sie kommen.

Jeder Mensch hat eine Vergangenheit, die er oder sie mit sich herumträgt, auch wenn es Geschichten gibt, die schlimmer sind als andere. Der eine hat ein paar Knuffe abbekommen, der andere so viele Schläge, dass man sich fragt, ob man sie überhaupt verkraften kann. Trotzdem glaube ich daran, dass jeder Mensch dazu in der Lage ist, mit Unverarbeitetem von früher ins Reine zu kommen und eine neue Generation nicht damit zu belasten. Es war nie meine Absicht, meinen Kindern das Erbe meiner eigenen Kindheit aufzuladen, aber inzwischen sehe ich ein, dass das die Folge meiner eigenen Verletzungen gewesen ist.

Im Nachhinein denke ich öfter einmal: Hätte ich das nur alles früher gewusst. Bevor ich selbst Mutter wurde zum Beispiel. Aber nun ja, hinterher ist man immer klüger. Ich hoffe, dass meine Geschichte junge Menschen inspiriert. Menschen, die bald die Verantwortung für eine neue Generation tragen werden.

Für mich ist es höchste Zeit, die Vergangenheit ruhen zu lassen und das zu genießen, was meine Gegenwart ausmacht. Meine Mutter ist wieder ein Teil meines Lebens, mein Vater in gewisser Weise auch. Meine Familie, meine mir lieben Freunde und Kollegen, mein Bruder und seine Familie, meine ehemaligen Stiefmütter – ich bin schon lange nicht mehr mutterseelenallein.

Quellen

Gedicht Seite 7 zitiert nach: Literarische Bachblüten – Zitate von Richard Bach www.poesien.at

Seite 16: Das Buch von Ingeborg Bosch ist in den Niederlanden 2015 unter dem Titel *De herontdekking van het ware zelf: een zoektocht naar emotionele harmonie* bei Atlas Contact erschienen. Von Ingeborg Bosch auf Deutsch lieferbar: Der Schlüssel zur inneren Heilung: Bewusst leben mit PRI: Amazon.de